一日重生

[美]米奇·阿尔博姆——著
吴正——译

Mitch Albom

FOR
ONE MORE DAY

上海译文出版社

那个温暖而奇妙的瞬间

——《一日重生》导读

晚上，偏卧着开始读这本书，泪水渐渐注满了一侧的耳涡。

这本书适合什么人读？

我想，第一是适合家中死过亲人的人读。你可能要说，这一条实在是太宽泛了，谁家里没有死过人呢？我们的祖先基本上都已经死了，我们自己也会死。是的。死亡是我们的必修课。本书的作者米奇·阿尔博姆是一个对死亡有着持之以恒高涨兴趣的人，他的前两本书——《相约星期二》和《你在天堂里遇见的五个人》，都和死亡如影随行。这一本，更是如此。如果你家中不单死过人，你还和死者有着非常亲密的关系，你还有很多悄悄话没有来得及同他说，还有很多谢意没有表达，你还要为他做一件哪怕最小的事，你还要向他微笑和请求他的抚摸，感受他手指的力量和眼神的温度……那你一定要读读这本书。它赠与了你一个神奇的机会，书页为斧砍出一条秘道，让你从现实的密林潜回以往，你会了结夙愿荡涤脏腑并对这一体验刻骨铭心坚信不疑。这同任何信仰和科学无关，只和我们的心灵和情感有关。为了拥有这样一个温暖而奇妙的瞬间，你需要这份阅读。

作者曾说，他确信：几乎每一个人，不管外表看起来有多么快乐，在他们内心深处都有一块小小的地方，那块地方装着自己深爱的已经故去的亲人，他们期盼着有朝一日能够重逢。

第二是适合有过种种不幸遭遇的人阅读。本书中的主人公实在是够黯淡倒霉的：单亲家庭，几乎一事无成，酗酒，离婚，母亲临去世前他还在撒谎，唯一的女儿连结婚都不愿告诉他，他最后决定自杀……也许我们无法把悲惨量化，评出谁是世界上最悲惨的人，但他不是个成功人士，这一点似无疑义。然而主人公在他人生的最后几年，幡然改变。他和妈妈的灵魂重逢之后的岁月里，重打鼓另开张创出新高。他和女儿修补了关系，和前妻变成了朋友，经常组织棒球比赛，坚持每个孩子都有平等参与的机会……在去世前的一个星期，他心满意足地对别人说："要记着现在的我，而不是以前的我。"这说明他对自己的结局是满意的，那个点石成金的转折点就是本书中描绘的重逢之日。

重逢之日就是这样有魅力。作者说："用一天的时间，和你所爱的人共同度过，一天就能改变一切。”

既然如此，那么第三类适合读此书的人，可能就是希冀改变并力图让自己变得更快乐更美好的人。

当我们越来越富裕之后，快乐和美好并没有像买一赠一的面包圈那样同步进入我们的篮子。甚至更糟糕的是，食可果腹衣可蔽体的物质进步，反倒让事情变得复杂起来。我们再无法用简单的增加物质保障的方法让自己快乐，只有尝试挖掘更深的源泉和更广阔的水域，才有可能拥抱幸福。这本书为有志于此道的人刈出一条清风徐徐的小径——爱你的亲人，爱你的兴趣，爱你的工作，爱你的生命。

走下去，通往天堂。

毕淑敏

2007. 3. 17

FOR ONE MORE DAY

"让我猜猜。你想知道我为啥要自杀。"

——鸡仔贝奈特[1]对我说的第一句话。

这是一个关于家庭的故事,故事里出现了一个鬼魂,所以你们可以认为这是一个鬼故事。其实,谁家没有一个鬼故事呢?那些已经辞世的亲人其实都还在我们餐桌边上坐着呢。

这个故事发生在一个叫查尔斯·贝奈特的人身上。大家都叫他"鸡仔"。他不是鬼,是个活生生的人。我遇见他,是在一个星期六的早上。当时,他坐在一个小棒球场旁的露天看台上,穿着一件海军蓝的风衣外套,嚼着薄荷口香糖。或许,你觉得他的名字听起来有点熟,那是因为他曾经是个小有名气的棒球运动员。我曾经做过一段时间的体育记者,所以这个名字我还蛮熟的。

现在回想起来,遇见他纯属命运的安排。我们家在椒谷海

① 主人公的本名为Charles,通常的昵称应该是Chuck,但这个Chuck和Chick正好发音相近,再加上根据后文,主人公小时候喜欢跑来跑去,像个"鸡仔"的样子,所以得此外号。

滩镇有一处多年来闲置不用的房产，那次我是去处理房子的事情。回机场的路上，我找了个地方停车下来喝杯咖啡。街对面有个小棒球场，几个穿紫色棒球衫的孩子们正在练习投球击球。我还有时间，就随意走过去看看。

我站在球场外，手抓着网眼铁丝栅栏往里看。草坪上，一个老头正用割草机割草。他肤色黝黑，满脸皱纹，嘴里叼着根雪茄烟。看到我，他把割草机关了，问我是不是有孩子在里面玩。我说没有。他问我到镇上干吗。我告诉他房子的事。他问我是做哪一行的，我如实地告诉了他我的职业。现在想来，那可能是个错误。

“作家，呃？”他吸了口雪茄，指着露天看台上一个孤独的背影说：“你应该和那个人聊聊。他的故事有点意思。”

常常有人这样对我说。

“噢，他为什么有意思？”

“他曾经是个职业棒球运动员。”

“嗯……哦。”我有些不以为然。

“我记得他参加过一次棒球世界系列赛[1]。”

“嗯……嗯。”

---

① 棒球世界系列赛：美国职业棒球大联盟(Major League Baseball)有球队30支，分为国家联盟和美国联盟。世界系列赛(World Series)指的是美国联盟和国家联盟的联盟冠军之间进行七场四胜的总决战，冠军便加冕为美国职业棒球大联盟的最终冠军。

"他还自杀过。"

"什么?"

"是啊,"老头吸了吸鼻子。"我听说,他还活着纯属运气。他叫鸡仔贝奈特。他妈妈过去住在这个镇上,叫宝儿·贝奈特。"他意味深长地笑了笑:"一个野性十足的女人啊。"

他把雪茄烟头扔在地上,用脚碾碎。"要是你不信,上去问问他就知道了。"

他又开始割草。

家家都有鬼故事。

我朝着露天看台走去。

下面的故事就是鸡仔贝奈特那天早上告诉我的——谈话后来持续了远远不止一个早上——我在故事里还摘录了一些他收藏的母亲留下的便条，那是我后来从他的记事本里找出来的。我整理出下面的故事，用他的口吻来讲述。因为我不肯定如果不是用他的口吻，你们是不是还会相信这个故事。

也许,不管我用什么方式来讲这个故事,你们都不会相信。

但是,扪心自问:你有没有失去过亲人,那个你想能够再说上一次话的亲人,能再多一次机会,弥补上那些你原以为永远不会消逝的相聚时光？如果真有这样一天，那么，我们在生命中经历的其他时光，都会在这一天面前黯然失色。

如果，你真的得到了这样一天呢？

2006 年 5 月

1. 午夜

鸡仔的故事

让我猜猜。你想知道我为啥要自杀。

你想知道我怎么没死成。为什么我失踪了。这些年我去了哪里。但首先我为什么要自杀,对吧?

没问题。人人都这样问。他们都在拿我和自己做比较。大家都觉得人生可能存在某种底线,如果没有越过那条底线,人是不会去考虑跳楼啊,吞安眠药啊——但如果你超越了底线,就有可能那样做。大家觉得我肯定是过了底线。大家还会想:“我会走到他那一步吗?”

但事实是,没有什么底线。人人都有自己的生活,如果你把生活搞砸了,搞砸了之后,有没有人来拯救你。

或者,那个可以拯救你的人,是不是在那里等着你。

追忆往事,我试图弄清楚,我妈过世的那一天到底发生了什么。那差不多是十年前的事了。她过世的时候,我不在她身旁。我应该在的。所以，我撒了谎。这是个馊主意。这样的秘密在葬礼上是瞒不住的。我站在她的墓碑旁，努力让自己相信，我没有在最后时刻陪在她身旁不是我的错。就在那时，我十四岁的女儿拉起我的手，轻声说："爸爸，我很抱歉你连说一声'再见'的机会都没有。"她的话，让我崩溃。我跪了下来，泣不成声。湿漉漉的草地弄脏了我的裤子。

葬礼后，我烂醉如泥，昏睡在沙发上。生活起了变化。一天可以改变一生。对我而言，那一天彻底压垮了我。我的生活，曾经被笼罩在母亲的影响下——她的意见，她的批评，她那让人窒息的母爱。我还曾一度暗自希望她不要再来管我了。

但她真的去了。她死了。没有了探望，没有了电话。不知不觉中，我开始放任自己，好像被连根拔起的草，让生活的波浪把我推向边缘。妈妈的存在给孩子们某种有关自我的幻觉。我的一个幻觉就是：我对自己的状态挺满意的，因为她挺满意的。而她一过世，那个幻觉就随之消失了。

实际上，我对自己一点也不满意。我本来一直觉得自己是个有前途的年轻运动员，但那时候我已经不年轻了，也不再是运动员了。我成了个中年推销员，早就没有什么前途可言了。

母亲去世差不多一年后，我做了这辈子最糟糕的一个投资决定。我听信了一个女人的花言巧语。她年轻、漂亮、自信、态度可人，衣服总是敞着两粒扣子。上了年纪的男人从她身边走过，难免恨由心生，懊恼自己生不逢时——除非她主动和他搭话。然后，那男人就昏了头。我们见了三次面，讨论投资的事情：两次在她的办公室，一次在一家希腊餐厅。没有任何越轨的行为，但我的脑子显然被她的香水熏懵了，我把几乎所有的存款都投到了那个现在已经一钱不值的股票基金里。她很快被"调任"到西海岸，留下我面对我老婆凯瑟琳，向她解释我们的钱都到哪里去了。

那以后，我喝酒更凶了——我们那个时代的球员都爱喝上几口——但那成了一个问题，以至于让我两次遭人解雇。而解雇又加重了我的酗酒。我睡不好，吃不好，迅速衰老。有工作的时候，在见客户前，我都得迅速冲到卫生间里，用随身带着的漱口水和眼药水，掩饰一下自己的酒气。钱成了一个问题；凯瑟琳和我总是为此争吵。一段时间以后，我的婚姻完蛋了。她厌倦了我的萎靡，而我有什么理由去责备她呢。一天晚上，她在地下室找到了躺在地板上神志不清的我。我的嘴唇摔破了，怀里抱着棒球手套。

不久以后，我离开了家——或者说，家离开了我。

我对自己的痛恶无法用言语表达。

我搬进了一间公寓。我变得顽固、自我封闭。除了酒友，我不再和任何其他人往来。如果母亲还在世，她说不定有办法帮我，因为那是她擅长的事情，她或许会拉着我的胳膊说，“好了，查理，说说看你到底怎么了?”但她不在了。事情就是这样的，如果没有了父母，无论去做什么事情都好像在孤军作战，没有了那个永远在那里守候你的后援。

后来，一个晚上，一个十月初的晚上，我决定要去自杀。

或许你会觉得惊讶。或许你会想，像我这样一个曾经参加过棒球世界系列赛的人，怎么着也不至于沦落到要自杀的地步啊，因为至少有过了梦想成真的辉煌。但你错了，那种梦想成真的喜悦，不过是一个缓慢的、渐渐融化的过程，让你发觉，这跟你想象的是两回事。

那个东西救不了你。

※

这听起来可能有些奇怪：真正把我推下了悬崖、让我彻底完蛋的，是我女儿的婚礼。那时她二十二岁，有一头直直的褐色长发和性感丰满的嘴唇，和她妈一个模样。婚礼是在某个下午举行的，她嫁了一个“非常棒的男人”。

我知道的，就那么多，因为她就写了那么多。我是在婚礼举行过几个星期之后，才从她寄给我的短信里知道这件事情的。

显然，因为我的酗酒、抑郁，以及其他种种糟糕的行为，对于任何家庭活动来说，我都成了一个巨大的、令人尴尬的包袱。所以，我只配收到一封信和两张照片。一张照片上我女儿和她的新婚丈夫手拉手，站在一棵树下；另一张照片上这对快乐的小夫妻正举杯庆贺。

把我打倒的是第二张照片。那是一张极其生动的抓拍照，那个精彩的瞬间永远无法再现：他们看起来像是话讲到一半，笑了起来，手里的杯子有点倾斜。他们看起来是那么纯真，那么年轻，那么……而这一切都已经过去了，永远过去了。照片像是在嘲笑我的缺席。*你不在那里*。这个现在和我女儿生活在一起的男人，我认都不认识。而我的前妻认识他。我们的老朋友们认识他。*你不在那里*。再一次，我在重大的家庭事件上缺席了。这一次，我的小姑娘不会再拉起我的手，安慰我；她已经属于另外一个人了。他们连问都没有问我。他们只是通知了我。

我看看信封上，落款用了夫家的姓氏（玛丽亚·朗，而不是玛丽亚·贝奈特）。信封上没留他们的地址（为什么？难道害怕我去看望他们吗？）我沮丧到了极点，万念俱灰。我唯一的孩子拒绝我介入她的生活，好像锁上一扇铁门不让我进去。你去敲门，他们听不到。如果活在这个世界上，却无人理睬，那活着还有什么意思呢？如果活着没有什么意思，那为什么不自我了断呢？

所以，我决定自杀。

那样做并没有什么特别的意义，那样做更多的是因为：做了又怎么样呢？

跌跌撞撞回到上帝怀抱，
歌谱了一半，曲唱了半首，
有谁知道，他肿胀的双脚跋涉了怎样的路途，
征服过哪些平静的，或是痛苦的山峰？

我希望上帝给他微笑，拉起他的手，
说："你这个逃学的可怜虫，多情的傻瓜啊！
生命之书难以破解；
你如何能够不留在学校里呢？"

（诗歌，作者查尔斯·汉森·唐维，被抄录于鸡仔贝奈特的记事本）

鸡仔想一了百了

收到我女儿的来信是在周五，接下来的那个周末，我是在昏醉中度过的，到底发生了什么，我也记不清了。星期一早上，尽管洗了个长长的冷水澡，我上班还是迟到了两个小时。在办公室待了不到四十五分钟，我就支撑不下去了。我的脑子要爆炸了。那地方像个坟墓。我先溜到复印间，然后躲到卫生间，再蹿到电梯间，我没有穿外套，也没有拎公文包，这样，就算有人注意到我的走动，也不会想到我是要从公司开溜。

那样做蛮愚蠢的。根本没有人注意我。那是一家大公司。我的存在与否，丝毫不会影响到公司。现在看来，在电梯到停车场的那段路上，我走完了作为那家公司雇员的最后一段旅程。

※

接下来，我用公用电话给我的前妻拨了个电话。她在上班。

“为什么?”她一拎起话筒我就问。

“鸡仔?”

“为什么?”我重复了一遍。积蓄了三天的焦躁、愤怒,爆发出来的就只有那么三个字。“为什么?”

“鸡仔。”她的语气弱了下来。

“连个邀请都没有?”

“那是他们的想法。他们觉得……”

“觉得什么?安全?怕我来搞破坏?”

“我不知道……”

“我成了瘟神了?是不是?”

“你在哪里?”

“我是瘟神?”

“别说了。”

“我看我还是走了算了。”

“听着,鸡仔,她也不是小孩子了,而且如果……”

“那你就不能为我说两句?”

我听到她吸了一口气。

“你要去哪里?”

“你就不能为我说两句?”

“我很抱歉。事情挺复杂的。还有他的家庭。而且他们……”

“有人陪你去参加婚礼吗?”

“噢,鸡仔……我在上班,知道吗?”

那一瞬,我感到了前所未有的孤单,那孤单好像压住了我的肺,让我根本无法呼吸。没有什么好再说的了,不论是这事,还是其他任何事。

“好吧。”我无力地说:“打扰了。”

话筒那端又传来片刻的寂静。

“你要去哪里?”她问。

我挂上电话。

※

接着,我又喝醉了,这应该是最后一次了。我先去了泰德酒吧。那里的酒保是一个身材瘦削、长圆脸的小伙,可能和我女儿嫁的人差不多大。回家后,我又往肚子里灌了一点酒。我撞在了家具上,还在墙上乱涂乱画。我好像还把那两张结婚照扔进了垃圾桶。大约是在午夜时分,我决定要回家,我的意思是回椒谷海滩镇的老家,那是我长大的地方。那地方开车过去要两个小时,但我已经有好多年没回去了。我在屋子里转着圈，像是要为回家做准备。但终结之旅并不需要准备什么东西。我到卧室里，从抽屉里拿了把枪。

我摇摇晃晃走到车库，找到我的车，把枪放在方向盘旁的储物箱里，把夹克衫扔到后座，或者是前座，也有可能那件夹克衫早就在车上了，我不清楚。车发出刺耳的声音开上了街道。城市很安静，街灯闪着微黄色的光，我准备回到人生开始的地方，结束我的生命。

跌跌撞撞回到上帝那里。就这么简单。

我们骄傲地宣布：

查尔斯·亚历山大·贝奈特出生了

8磅11盎司重

诞生于11月21日，1949年

雷奥纳多和宝琳·贝奈特

（来自鸡仔贝奈特的文件中，1949年）

天很冷，且飘着小雨，幸运的是高速公路上几乎没有其他车辆。我的车在四条车道横冲直撞，如入无人之境。你可能会想，会希望醉成像我这样的司机，应该会被警察拦下，可奇怪的是，居然没有。途中，我还把车开进一个二十四小时便利店，从一个留小胡子的亚裔店员手中买了六罐啤酒。

“来张福利彩票？”他问。

多年来，我已经练就了在烂醉如泥时保持正常嘴脸的本事——能让“酒鬼”变成“行人”——于是我假装把这个问题琢磨了一下。

“这次就算了。”我说。

他把啤酒装在一个袋子里。看到他的注视，我注意到他眼睛里的那两个黑眼珠，心想：这该是我在这个世界上看到的最后一张脸了。他把找零的钱，推到我面前。

※

路牌上写着：“椒谷海滩，出口，1 英里”。在公路上看到这块牌子的时候，两罐啤酒已经下肚了，还有一罐倒在了前面的座椅上，洒得到处都是。刮雨器左右摇摆，我努力让自己的眼睛不闭上。我恍恍惚惚想着："出口，1 英里"，想着，想着，就看到了另一块路牌，写着另外一个小镇的名字，这才意识到已经错过了出口。我狠狠地敲着汽车的仪表板，然后在公路中间就地来了个急转弯，逆向行驶起来。路上没有其他车辆，就算有，我也顾不上了。看到那个出口近了，我猛踩油门。突然，一个坡道就出现了——可居然是一条进入式的，而不是出口坡道——车轮擦着地面，发出尖厉的啸叫声冲入坡道。那条坡道绕了好几个圈，我打足了方向盘，车子转着圈，急速下行。

突然，两股巨大的光束冲我直射过来，像两个大太阳，然后传来了卡车喇叭的轰鸣，接着是猛烈的撞击，我的车飞出护栏，重重落在地上，然后往下冲。到处是碎玻璃，啤酒罐飞来撞去，我紧紧抓住方向盘，车突然向后仰，让我的肚子压住了方向盘。不知怎么我拉开了车门把手。我记得眼前闪过黑色的天空，绿色的野草，耳边传来雷鸣般的巨响，有样东西从高处结结实实地砸下来。

※

睁开眼，我发现自己躺在一片湿漉漉的草地上。车被半埋在一块被撞倒的大广告牌下。显然是我的车把这块雪佛兰经销商的广告牌给撞翻，并碾了过去。在古怪的物理力学的作用下，我肯定是在汽车翻转之前，被甩了出去。你刻意去寻死，死却放你一马。谁能对此做出解释呢？

我慢慢地，痛苦地站起来。后背全湿透了，浑身疼痛。天依旧在下雨，周围很安静，只有几只蟋蟀的鸣叫。通常，到了这种地步，你肯定会想，我一定庆幸自己还活着。但其实我没有那样想。我抬头去看高速公路。雨雾中，我看到了那辆迎面撞上来的卡车。它躺在那里，像一艘巨大的沉船。卡车的前车厢被狠狠砸过，好像被人拗断了脖子一般。有一个车头灯还亮着，射出的光柱照着泥泞的坡道，玻璃碎片发出钻石般的光芒。

那个驾驶员去哪里了？他还活着吗？受伤了吗？他还活着吗？在流血吗？在呼吸吗？那一刻，如果是个真汉子，应该爬上去查看一下情况。但在那一刻，勇气却不是我的强项。

所以，我没有那样做。

我垂着双手，掉头向南走，那是家的方向。我是个懦夫。我已经失去了理智思考的能力。我像一具僵尸，一个机器人，意识中没有了任何人，包括我自己——其实那个时候，我早把自己给忘了。我忘了我的车，撞上的卡车，车厢里的手枪，我都扔在了脑后。碎石在我的脚下发出沙沙的声音，还有蟋蟀在鸣叫，像是嘲笑我的存在。

※

走了有多久，我说不清。反正走着走着，雨停了，天边传来第一缕曙光。我已经到了椒谷镇边上，那里有座大水塔。水塔的外壳已经有些生锈，它就矗立在棒球场的后面。在这样一个小镇，爬水塔是每个人的童年的组成部分。我和棒球伙伴们常常在周末，腰里插着喷漆罐，爬上这座水塔。

现在，我又站在了这座水塔前。湿漉漉的我，一把年纪，失魂落魄，浑身酒气，恐怕还害别人丧了命，因为在事故现场，我压根没有看到卡车司机。不过，那也没有什么关系了。反正，我接下来要做的事情，已经完全无须考虑了，我坚定地认为，这会是我生命中的最后一夜。

我在水塔下找到了往上爬的梯子。

我开始往上爬。

梯子绕着水塔转来转去。我爬了很长时间。终于爬到了塔顶，我喘着粗气，一下子瘫倒在那里。虽然糊里糊涂的，但记得我脑海里还有个声音在责备自己：怎么临了还把自己搞得如此狼狈不堪呢！

站在塔上往下看是一片树林。树后面是那个棒球场。我爸爸就是在这个棒球场上教我如何打棒球的。眼前的景象还是勾起了一些让人悲伤的回忆。为什么童年总是缠着人不放，就算你潦倒至此，就算你自己也难以相信自己以前也是个孩子。

天慢慢亮了起来。蟋蟀的叫声更响亮了。我脑海中突然闪过一个回忆：小玛丽亚躺在我的胸脯上，她的皮肤散发着痱子粉的香味；然后，我好像看到自己闯进她的婚礼，湿漉漉的，脏兮兮的，就像我当时那样。音乐停住了，每个人都惊恐地看着我——玛丽亚是最为惊恐的那一个。

我低下头。

这个世界上，没有人会留恋我。

我跑了两步，抓住扶手栏杆，翻越而过，人飞了出去。

※

接下来发生的事情，我无法解释。我撞在什么地方，我怎么会还活着，我没法告诉你。我所能想起来的就是旋转和噼里啪啦的声音，擦着，碰着，最后是“嘭”的一声。我脸上的这些疤痕？我估摸着就是那时候留下的。我应该下落了很长一段时间。

再睁开眼睛的时候，我周围全是掉落的树枝、树杈、树叶。石头压着我的胸口和肚子。抬起下巴，我看到了：年少时的棒球场，沐浴在晨光中，还有球场边的两个球员候场区，以及投手站立的地方那撮隆起的尘土。

还有，我妈妈，我去世多年的妈妈。

2. 早晨

鸡仔的妈妈

爸爸曾对我说："你要么是妈妈的好宝贝，要么是爸爸的乖儿子，但不可能把两者都给占全了。"

就这样，我选择了做爸爸的乖儿子。我学他走路的样子。我模仿他深沉的，有些沙哑的笑声。因为他喜欢棒球，所以我总是戴着我的棒球手套，他扔出来的球，我竭力去接，虽然有时候球很重，打在手上，疼得让我几乎忍不住哼哼。

学校放了学，我就奔到爸爸在卡夫街上经营的卖烟酒的店，一直呆到晚饭时间。我的玩具就是店里的空纸箱。等到下班，爸爸就开着一辆天蓝色的别克轿车，我们一起回家，有时候，爸爸会把车停在车道上歇一会儿，点上一支切斯特菲尔德牌香烟，听听广播新闻。

我有个妹妹，叫吕贝塔。那时候，她最中意一双粉红色的小芭蕾舞鞋，无论去哪里都穿着。记得我们一家人去镇上餐厅吃饭的时候，妈妈会抱着她去女厕所——她粉红色的小鞋子滑过瓷砖地板——而我则跟着爸爸去男厕所。所以，在我小小的脑海里，我觉得人生就是这样安排的：我和他，她和她。女士。男士。妈妈的。爸爸的。

爸爸的乖儿子。

我是爸爸的乖儿子，直到一个炎热而无云的春天的早晨。那是一个星期六，我上五年级。那天我要参加两场棒球比赛，对手是由康纳管道工程公司赞助的红雀队，他们总是穿着鲜红色的羊毛球衣。

我穿着运动长袜、戴着棒球手套走进厨房的时候，太阳已经把厨房照得暖暖的。我看到妈妈坐在餐桌旁抽烟。妈妈是个漂亮的女人，但那个早晨，她看起来一点也不漂亮。她咬着嘴唇，没有抬眼看我。我依然记得，我闻到烤糊了的面包片的味道，我以为她是因为早餐没有做好而不开心。

“我就吃点麦片好了。”我说。

我从碗橱里拿出一个碗。

她清了清嗓子。“你的比赛什么时候开始，宝贝？”

“你感冒了吗？”我问。

她摇了摇头，用一只手贴住脸颊。“比赛是什么时候？”

“我不晓得。”我回答。那时候我还没有开始戴手表。

我拿出牛奶瓶和一大盒玉米片。倒玉米片的时候，我动作太快，好些玉米片从碗里撒了出来，落在桌子上。妈妈一片一片的把它们捡起来，捏在掌心里。

“我送你去，”她小声说，“不管什么时候。”

“爸爸不能送我去吗？”

“爸爸不在这里了。”

“爸爸去哪里了？”

她没有回答。

“他什么时候回来？”

妈妈捏紧了玉米片。玉米片被她碾成了粉末。

那天起，我成了妈妈的儿子。

我刚才说，我看到了死去的妈妈，我一点不开玩笑。我真的看到了她。她站在球员候场区边上，穿着一件粉紫色的外套，捏着个小包。她一句话也没有说，只是看着我。

我想要站起来，朝她那个方向走。但我起不来，身上的每一块肌肉都是疼的。意识里，我想要叫她，喊她的名字，但我的喉咙发不出声。

我垂下脑袋，合拢手掌。我努力撑住自己，把身体抬起来一点。我再抬头。

她不见了。

我不指望你相信我。我知道，听起来我像是疯了。我们看不到死人，死人也不会来看我们。一个人从水塔上跳下来，一心要把自己给摔死，结果非但没有死，还奇迹般地看到了他死去的妈妈，拿着包，在棒球场三分线的地方站着。

你脑子里可能正在怀疑的事情，其实我都已经怀疑过了：那是幻觉，是想象，是酒鬼的神志不清，是稀里糊涂的脑瓜在犯稀里糊涂的傻。我已经说过了，我根本不指望你相信我。

但是，这事确实发生了。她站在那里。我看到了她。我不知道自己在那里躺了有多长时间，反正，我勉强让自己站了起来，往前走。我拍掉了膝盖和手臂上的沙土和瓦砾。我身上有十来处伤口，大多是些小擦伤，也有几个比较厉害。我尝到了鲜血的味道。

我穿过一片熟悉的草地。晨风吹过，树木摇动，带起黄色的落叶飞舞，宛若细密的、飞旋的雨幕。我已经两次自杀而未遂了。还有比这更惨的吗？

我朝着自家的老屋走去，决意要在那里结束一切。

亲爱的查理:

祝你今天在学校里过得愉快!

午饭时间我会来看你的，我们可以一起喝奶昔。

爱你每一天

妈妈

（引自鸡仔贝奈特的记事本，1954 年）

妈妈是如何遇见爸爸的

妈妈喜欢给我留便条。不管送我去什么地方，分手的时候，她总喜欢塞张纸条给我。我一直不明白她为什么要那样做，为什么不直接把纸条上的话说出来呢，她真是不嫌麻烦，既要浪费纸，又要用难闻的胶水粘信封。

我收到的妈妈的第一张纸条是在一九五四年，我上幼儿园的第一天。那时候我有多大？应该五岁吧。学校的操场上都是边跑边叫的孩子。我紧紧拽着妈妈的手，走近学校。有个戴着黑色贝雷帽的老师站在校门口。我看到别人的妈妈亲亲她们的孩子，挥挥手就离开了。我肯定是在这个时候哭了起来。

"怎么了？"妈妈问。

"不要走。"

"放学的时候我会在门口等你的。"

"不。"

"没关系的。我会等着你的。"

"那我找不到你怎么办?"

"不会找不到的。"

"那我把你给丢了怎么办?"

"妈妈是不会丢的,查理。"

她笑了,手伸到衣服口袋里,递给我一只小小的蓝色信封。

"拿着,"她说,"如果你真的很想我,那就打开信封看看。"

她从包里拿出一片纸巾,擦了擦我的眼泪,然后用力抱了抱我,和我说再见。我依旧能够记得她那时候的模样:她穿着印花布的裙子,嘴唇上涂着露华浓的红色唇膏,长发在耳边飘拂。我举起她留给我的信,向她道别。现在想起来,她可能都没有仔细考虑过,我刚上幼儿园,字都不识呢。但那就是我的母亲。关键是那份心思。

※

爸妈相遇的故事是这样的:1944 年春天,在椒谷湖的下游,她遇见了爸爸。那时她在游泳,他在打棒球。他投了一个球,伙伴把球打飞了,落到河里。妈妈看到了,朝球游过去。而爸爸也跳到水中去拣球。他从水底下浮出来的时候,两个脑袋撞在了一起。

“后来，我们就这样撞来撞去的。”妈妈过去常说。

他们俩闪电般陷入热恋。我爸的脾气就是这样，做任何事情的目的就是快快把事情做完。那时候，他是个高大健硕的小伙，刚刚高中毕业，梳着奶油大包头，开着他爸的蓝白色凯迪拉克车。二战一爆发，他就积极报名，参军入伍，告诉妈妈他要杀敌立功，“要成为镇上消灭敌人最多的人。”战舰把他运到了意大利，亚平宁山脉北部，靠近博洛尼亚一个叫坡奥山谷的地方服役。一九四五年，他给妈妈写了封信，向妈妈求婚——“做我的妻子吧。”他在信中写道。我觉得那更像是个命令。妈妈答应了他。妈妈的回信写在一种很特别的亚麻纸上的，纸很贵，根本超出了她的消费能力，但她不管三七二十一，坚持买了这种纸写回信。我妈妈认为写什么字和用什么纸是同样重要的。

爸爸收到妈妈回信后两星期，德军签署了投降协议。爸爸回家了。

我的理论是：爸爸打仗没打过瘾。所以后来，他向我们开战。

※

我爸叫雷奥纳多，但人人都叫他雷奥；我妈叫宝琳，但人人都叫她宝儿。妈妈有一双大大的杏眼，飘逸的黑发，奶油色的皮肤，和好莱坞明星奥黛丽·赫本颇有几分相似。在我们那个小镇上，长得像妈妈这样漂亮的可不多。她喜欢化妆——睫毛膏，眼线，腮红，样样齐全——大家都觉得她"有趣"，"有个性"，或者是"怪怪的"，有点"犟头倔脑"。而小时候的我，一直觉得她是个麻烦。

我穿没穿套鞋？带没带外套？学校的作业完成了吗？为什么我的裤子拉破了？

她还总是纠正我的语法。

"我和罗伯特要去……"[1]我说。

"罗伯特和我。"妈妈打断我的话。

"我和杰米想要……"

"杰米和我。"她总是纠正我。

在孩子的心目中，父母有特定的形象。妈妈在我脑海中的形象是涂着口红，向我弯下身体，竖起一根手指，教育我要好好努力。而爸爸的形象则是一个身体后仰，肩膀靠在墙壁上休息的男人。他手指间夹着一支香烟，看着我，任我起起伏伏。

现在回想起来，我应该看得出，妈妈要靠近我，爸爸则要远

① 英语语法中，人称代词有主格和宾格之分。此处对话中，鸡仔把主格和宾格的使用方法给混淆了。

离我。但那时，我还是个小孩，小孩能懂啥呢？

※

我妈是法国移民的后裔，信仰新教，我爸是意大利移民的后裔，信仰天主教，他们俩的结合，等于把上帝、罪孽和人生百味搅和在一起，弄得火候过了头。他们总是在争吵。孩子、食品、宗教，都是吵架的诱因。爸爸曾在浴室门口挂了一张耶稣像，一等他上班，妈妈就把画像挪到一个不太显眼的角落。爸爸回到家就大声嚷嚷起来，“上帝啊，你怎么能够动耶稣像呢！”妈妈反驳道，“那不过是个画像罢了，雷奥，你以为上帝愿意把自己的画像挂在浴室门口吗？”

爸爸不睬她，把画像挂回去。

第二天，妈妈又把画像挪走。

如此这般，折腾不休。

他们来自不同的家庭和文化背景，如果说我们家有民主的话，那么爸爸的一票相当于两票。他决定我们晚饭吃什么，房子刷什么颜色，家里的钱存什么银行，客厅那台赞尼诗牌黑白电视机应该调什么频道。我出生的那一天，他通知妈妈：“这孩子要去天主教堂受洗，”毫无商量余地。

滑稽的地方在于，他自己对宗教其实没有什么兴趣。战争结束后，爸爸在镇上开了家卖烟酒的小店，和宗教比起来，他更关心的是利润。他对我的要求，就是要我信仰棒球。我还不能走路的时候，他就扔球给我。在妈妈还没有让我用剪刀之前，他已经给了我一个木质的球棒。他说只要我有“计划”，并且“坚持执行计划”，那么总有一天，我可以加入甲级棒球队。

当然了，在你如此年幼的时候，你会把父母给你设定的志向当成栖身之所，而不是你自己的。

所以，我七岁的时候，学会了看报纸上的棒球比赛积分表，那上面所列出的棒球队的名字，就是我奋斗的目标。我在爸爸的店里放了一副棒球手套，如果他有几分钟的空余时间，那么他就可以在停车场里掷球给我，帮我练习。我甚至会穿着钉鞋去教堂参加星期日弥撒，因为赞美诗的最后一个音符落下，我就要赶去参加美国循环赛。人们说教堂是“上帝的家”，我很担心上帝会不满意我穿着钉鞋踏在他家地板上，所以我曾试着踮起脚尖走路，可是爸爸却小声说，“见鬼了，你干吗呢？”我赶紧放下脚跟。

※

而妈妈呢，并不喜欢棒球。她出身贫寒，是家里唯一的孩子，战争期间，不得不辍学打工维持生计。她的高中文凭是上夜校得来的，后来她又用同样的办法修完了护士学校。在她看来，只有书本、大学以及它们替我打开的一扇扇门才是正途。对于棒球，她觉得唯一的用处就是让我“呼吸点新鲜空气”。

但我打棒球的时候，她总会来看。她坐在观众席上，戴着大大的太阳眼镜，头发总是吹得整整齐齐，那是当地美容院的杰作。有时候，我会从球员候场区偷偷看她，发现她总是望着遥远的地平线。但轮到我出场击球的时候，她会拍着手叫：“耶，查理！”我想，对我而言，那就是参加比赛的全部意义所在了。在爸爸离开我们之前，他是我参加的每一个业余棒球队的业余教练。有一次，他看到我朝着观众席方向张望，便朝我嚷道：“眼睛看着球，鸡仔！那里可没有能帮你打好球的东西！”我赶快回过头。

我猜，妈妈，她不是爸爸所说的“计划”的一部分。

※

不过，我可以肯定地说，我崇拜妈妈，就像小男孩崇拜他们的妈妈那样理所当然。而且，她本来就是一个容易让人崇拜的妈妈。首先，她很幽默。她不介意把冰激凌抹在自己的脸上，就为了让我们笑一笑。她还会发出怪怪的声音，模仿大力水手[①]说话，或者路易斯·阿姆斯特朗[②]唱歌时的沙哑嗓音："如果你的心里没有他，你如何去摆脱他……"她挠我的痒痒，也让我挠她的痒痒，然后夹紧了手臂笑个不停。每天晚上，她都到我床前来给我盖被子，摩挲着我的头发说，"给妈妈一个吻。"她告诉我，我很聪明，而聪明很划算，所以我应该每星期看一本书。为了确保完成这个指标，她总带我去图书馆。有时候她穿得太过耀眼，还有时候她会和着我们小孩子的音乐唱歌，这让我有些难为情。但我信任她，从来没有，没有一刻对此有所怀疑。

妈妈说的话，我都相信。

别搞错了，她并不溺爱我。她打我。她责备我。她惩罚我。但她爱我。她真的爱我。我不小心从秋千上摔下来，她爱我。我穿着满是泥浆的鞋子踩在自家地板上，她爱我。面对我的呕吐，鼻涕，流着血的膝盖，她还是爱我。不管来来去去，顺境逆境，她都爱我。对于我，她盛满了爱的井深不见底。

她唯一的缺点，就是没有让我去追逐她的爱。

明白了吧，我有一个理论：孩子们喜欢追逐他们得不到的

---

① 大力水手：美国著名卡通人物。
② 路易斯·阿姆斯特朗：著名爵士歌手

爱。对我来说，那就是爸爸的爱。他把他的爱藏着，像文件箱里的文件。而我，想方设法要得到它。

妈妈过世多年后，我给自己列了两个清单，一张单子上列着妈妈为我挺身而出的事情；另一张单子上列着我没有为妈妈挺身而出的事情。很悲哀，两个单子长短差距很大。为什么对于爸爸妈妈，孩子会向其中的一个，索取很多很多，而对另一个，标准却会放得又低又松呢？

或许，我老爸说的有道理。你可以是爸爸的乖儿子，或者是妈妈的好宝贝，但你不可能把两者都占全。所以，你就紧紧抓住你以为可能会失去的那一个。

妈妈为我挺身而出的事情

那年我五岁。妈妈带我去范尼利市场。有个邻居，穿着浴袍，头上顶着粉红色的卷发筒，推开纱门，招呼妈妈。乘着她们讲话，我松开妈妈的手，走到隔壁人家的后院玩耍。

突然，有只德国牧羊犬，不知从哪里冒了出来，冲着我大声吼叫，还好它被拴在了一根晾衣杆上。“汪，汪，汪！”它竖直了后腿，绳子都要被它拉断了。“汪，汪，汪！”

我调转屁股，一路狂奔。我失声尖叫。妈妈冲了过来。

“怎么了？”她拽住我的手肘大声问，“那是什么？”

“一条狗！”

她舒了口气。“一条狗？哪里？在那里吗？”

我点点头，哭了出来。

她陪我绕过屋子，回到后院。狗就在那里。它又冲着我们叫了起来——汪，汪，汪！——我吓得往后缩。但妈妈拽着我，向前走了两步。然后，她学狗叫。她学狗叫。她发出的狗叫声，是我所听过的人类发出的最好听的狗叫声。

狗呜咽了一声，蜷起身子。妈妈转过身。

“查理，你得让他们知道谁是主人。”她说。

（来自在鸡仔贝奈特的物品中发现的记事本）

鸡仔回到老宅

此时，太阳刚刚从地平线上升起。晨曦斜照过来，像是从我家和邻居家中间的空地掷过来的球。我眯缝起眼睛。那是十月初，马路上街沿两旁已积起厚厚一层落叶——落叶比记忆中的厚——天上的云很密。我想，那些离家多年的人重返故乡，首先会注意到记忆中的那些树，它们看起来好像长得更高大了。

椒谷海滩。你知道这个镇的名字的由来吗？这事说起来还真让人有些尴尬。许多年前，有个商人运来了几卡车沙子，他觉得如果这个镇子拥有一片沙滩，那是件很光彩的事。可问题是，这个镇子并不靠海。但他是当地商会会员，挺有办法的，还说服镇政府把名字给改了——从“椒谷湖”改成了“椒谷海滩”——尽管我们的“海滩”也就够放一副秋千、一个滑梯，如果有超过十二家人在沙滩上晒太阳，那么一准会坐到别人的浴巾上。这差不多成了我们成长岁月中的一个笑话——“嗨，去*海滩*吗？”或者“嗨，我觉得今天是去*海滩*的好日子。”——但我们都知道，我们只不过是开开玩笑罢了。

反正我们家离湖——以及那个“沙滩”——很近。妈妈死了以后，我和妹妹没有立马把房子卖掉，我猜，可能是我们指望它总有一天会值几个钱吧。但老实说，我根本没有勇气把房子处理掉。

现在，我弯着腰，像个逃犯一样朝老家走去。我逃离了事故现场，现在这个时候，他们早该发现了我的车，那辆撞上来的大卡车，被撞坏的广告牌和手枪。我的身体又重，又疼，还流着血，人处于半麻木，半惶惑状态。我估计随时都会听到警笛响起——这就更坚定了我自杀的决心。

我跌跌撞撞，走上台阶，在一个花盆里找到了压在一块假石下的房门钥匙。（那是妹妹的主意。）我回头看看，什么都没有，没有警察，没有路人，也没有一辆来往的汽车。推开房门，我走了进去。

※

屋子里有一点发霉的味道，隐约还有一点甜甜的地毯清洗剂的味道，好像有人（难道是殡仪馆的殡葬师？）刚刚洗过地毯似的。我从门厅的衣柜和小时候常常被我们当作滑梯用的楼梯间穿过，走进厨房。厨房里的瓷砖地已经上了年头了，墙上挂着樱桃木的橱柜。我拉开冰箱的门想去找酒喝，时至今日这已经成了我的下意识动作。

我后退了一步。

冰箱里居然放了不少吃的。

有食品盒。有吃剩的意大利面条、脱脂牛奶、苹果汁、浆果酸奶。一刹那，我觉得该不是有人搬进来住了，现在这里已经是他的家了。这就是我们长期以来把房子弃之不管所付出的代价。

我打开一扇橱门，里面有立顿茶，一瓶杉卡牌咖啡速溶粉。打开另一扇门，里面有糖、莫顿盐、胡椒粉和色拉酱。我看到水槽里洗洁精的泡沫中浸着一个盘子。我很慢很慢地拿起盘子，又放下，好像努力要让它回到原来的地方。

就在这时候，我听到了什么。

声音是从楼上传来的。

“查理？”

然后又重复了一次。

“查理？”

那是我妈妈的声音。

我跑出了厨房，手指上还沾着洗洁精的泡沫。

我没有为妈妈挺身而出的事情

那年我六岁。那是一个万圣节，学校组织一年一度的万圣节游行。所有的孩子都参加，沿着附近的街道行进一圈。

“给他买套衣服吧，”爸爸说，“店里有的是，五美元零一毛。”

但我妈妈说：“不”。因为这是我第一次参加万圣节活动，所以她决定要亲手为我做一套特别的衣服：木乃伊外套。因为木乃伊是那时候的我最喜欢的恐怖形象。

她弄了些白色的旧纱布，旧毛巾，把它们扯成布条，把我包裹起来，然后再用安全别针把布条固定住。她又用了许多卫生纸和透明胶带缠绕在我身上。我们花了很长时间才弄完。出发前，我透过布条的缝隙，看了一眼镜子里的我。我成了个不折不扣的木乃伊。我耸起肩膀，前后摇摆。

“欧，你看起来可真吓人啊。”妈妈说。

她开车带我到学校。我们开始游行。越走，裹在身上的布条就越松。走过两条街道后，天开始下雨。卫生纸融化了，布条往下滴水。很快,布条就滑到了我的脚踝、手腕和肩脖上,露出了我的内衣和内裤。那时候的我,总穿着宽松式的花短裤,那是妈妈的意思,因为她觉得那样的短裤更舒服。

“看查理啊!”我边上的孩子们叫嚷着。他们都在嘲笑我。我的脸涨得通红。我希望自己能够立即消失,但是,走在游行队伍中的我,怎么可能消失呢?

走回学校操场的时候,家长们都已经拿着相机在那里等着了。我湿漉漉的,披着一堆烂布条和碎纸片出现了。我先看到了妈妈。然后她看到了我。她抬起手,遮住嘴。我的眼泪夺眶而出。

“你把我的一生都给毁了!”我冲她嚷道。

“查理?”

我记得最清楚的是,我躲在后门廊下,心跳得几乎喘不过气来。几秒钟前,我还缓缓拖着自己的身体,力不从心地站在冰箱前;几秒钟后,我的心却狂跳不已,觉得氧气不够。我的身体在颤抖。厨房的窗就在我背后,我却不敢回头看。我已经看到过了我死去的妈妈,现在我又听到了她的声音。我身体以前也受过伤,但这一次,我想我不仅身体伤了,脑子大概也坏掉了。

我呆在那里,胸部一起一伏,眼睛不敢离开眼前的草坪。小时候,我们把那叫做后院,现在看来不过就是一小片草地罢了。我想过要穿过后院,翻到邻家的院子里去。

然后门开了。

然后妈妈走了出来。

我妈妈。

就在那里。就在门廊下。

然后她转向我。

然后她对我说:“站在那里干吗呀? 外面挺冷的。”

※

现在,我不知道我是否能够解释清楚,我是怎么迈出那一步的。那一步像是让我从地球上跌了出去。如果你看到的事情和理智告诉你的不相符,那么你就得决定相信什么。我看到了我妈妈,活生生的,站在我面前。我听到她叫我的名字。“查理?”她是世界上唯一一个这样叫我的人。

是我的幻觉吗? 我应该朝着她走过去吗? 她会不会像一个肥皂泡那样消失呢? 说实话,那一刻,我的四肢完全不听我的使唤,好像是别人似的。

“查理? 发生什么了? 你怎么浑身都是伤?”

她穿着蓝色的宽松长裤和白色的外套——她总是穿戴得整整齐齐,清清爽爽,就算是清晨刚刚起床——她看起来和我最后一次见到她的时候模样差不多。那次看她是为了她七十九岁的生日,她戴着一副红边眼镜,那是一件生日礼物。她慢慢抬起手,用眼神招呼我走近她。我没有意识到,吸引着我的还有她的眼镜,皮肤,头发,开门的动作。那是个熟悉的动作,以前我不小心把网球扔到屋顶上去,她常常这样开门去捡球。

有什么东西在我心里融化了，好像她的脸庞所散发出的光芒，温暖到了我的心底。那股热量，顺着我的脊背流下去，一直流到脚底心。那时候，有样东西轰然倒塌了，我几乎能够听到倒塌的声音。倒塌的是那堵竖在相信和不信之间的高墙。

我屈服了。

飞出地球。

“查理?”她又开口道，“发生了什么事?”

我做了一件你也会做的事情。

我抱住妈妈，仿佛永远都不会松手了。

妈妈为我挺身而出的事情

那年我八岁。老师给我布置了一个家庭作业，要我准备在全班面前解释："回声是怎么发生的？"

放学后在爸爸的烟酒店，我问爸爸：回声是怎么回事？他正在货架间，拿着一本货品登记本和一支铅笔，弯腰清点货品。

"我不知道，鸡仔。大概和打弹子差不多吧。"

"回声不是发生在山里面的吗？"

"唔？"他一边点着瓶子，一边心不在焉地说。

"你打仗的时候不是在山里吗？"

他看了我一眼。"问那个干什么？"

他又回头查看他的本子。

那个晚上，我转而向妈妈求助。她找出一本字典，我们一起坐在客厅里。

"让他自己去解决。"爸爸在一旁说。

"雷，"妈妈说，"我有权利帮助他吧？"

在接下来的一个小时里，她帮我理解并背出了那段解释。然后我站在她面前排练。

“回声是怎么发生的？”她问。

“声源在停止发出声波后，声波继续传播。”我回答。

“发生回声必须有什么样的条件？”

“声音必须碰到障碍物反弹回来。”

“什么样的情况下可以听到回声？”

“安静，其他声音被吸收掉的情况下。”

她笑了，“很好。”然后她喊了一声“回声”，接着，用手遮住嘴，学着样子发出一声声“回声，回声，回声”。

一直站在边上看我们排练的妹妹，指着妈妈嚷道：“那是妈咪！我看到妈咪的嘴巴在动！”

爸爸打开了电视机。

“真是浪费时间。”他嘟囔道。

走调的旋律

你还记得那首歌吗?《是不是什么重要的事要发生了?》那是一首轻松的快歌,歌手通常穿着燕尾服,在大爵士乐队的伴奏下演唱。歌词这样唱道:

> 独自一人,走在街头;独自一人,参加派对
> 无论何地,你独自一人,突然意识到,
> 你在看着他的眼睛,突然意识到
> 是不是什么重要的事要发生了?

妈妈很喜欢那首歌。不要问我为什么。五十年代,电视台在史蒂夫·阿伦主持的娱乐节目开始前总播这首歌。在我的记忆中,那还是黑白片。不过,回想起那时候,好像什么东西都是黑白的。反正,妈妈认为那首歌很"摇摆",那是她的说法——"噢,听啊,这歌很摇摆!"——每当电台里放这首歌的时

候，她就会打起响指，好像指挥着一个乐队。家里有一台音响，有一年生日她得到了一张鲍比·达林的唱片，里面有这首歌。每次吃完晚饭，洗碗碟的时候，她就放上这张唱片。那时候爸爸还在。他通常坐在一边读报纸，她会走到他的身后，轻轻敲打他的肩膀，嘴里唱着："是不是有什么重要的事情要发生了？"。通常，他是不会抬头的。然后，她会走到我这里，一边唱，一边假装把我的胸脯当成鼓来敲。

你在"二十一"餐厅吃饭，想着不能点太多，
拒绝了巧克力慕司蛋糕，要了一颗无花果，
突然蓝色的天边，走来少女或少男，
那么，是不是什么重要的事要发生了？

我想笑——特别是她唱到"无花果"的时候——但因为爸爸连头都没有抬，如果我笑出声来，感觉像是对爸爸的背叛。但妈妈开始挠我痒痒，我就忍不住了。

"重要的事情就要发生了，"她接着唱，"大男孩，大男孩，大大大男孩。"

有一阵子，她天天晚上放这首歌。但爸爸离开我们以后，她就再也没有放过。鲍比·达林的唱片就此搁在了架子上。

唱机上积起了灰尘。起初，我还以为是因为她对音乐的口味变了，因为我们孩子通常就是这样，这一阵觉得约翰尼·雷是个很棒的歌手，过一阵觉得还是吉尼·文森特更棒一些……后来，我才意识到，她是不想让那首歌触动到那个“重要”的伤心往事。

屋子里的人

老屋的厨房里有一张橡木圆餐桌。有天下午，还在上小学的妹妹和我突发奇想，试图用餐刀在桌上刻下我们的名字。刻到一半，听到开门的声音，妈妈下班回来了。我们赶紧把刀扔回到抽屉里去。妹妹随手抓起一个她能够得着的大家伙，也就是一个半升容量的苹果汁盒，放在桌上，企图遮住我们的作品。妈妈进门的时候，还穿着护士制服，胳膊里还抱着一摞杂志。"妈妈"，我们的招呼打得又急又快，让她立即意识到，有什么地方不对劲。因为，她的脸上立马有了"你们两个小孩子又干了什么调皮事"的表情。当然，还有一种可能是，当时的情景一看就很不对头，才下午五点半，我和妹妹就坐在平常本应该空空如也的餐桌旁，桌子中间放着半加仑苹果汁。

反正，她抱着杂志，用胳膊肘把那盒苹果汁推开了一点，看到桌上刻着"查"和"吕贝"几个字——我们还没来得及全部刻完——她的喉咙里先发出响亮的、像是非常生气的喘气声，然后大声嚷道:“好么,非常好么!”我的小脑袋瓜想:或许我们干得还真不赖。好就是夸赞的意思,对不对?

事情发生的时候,爸爸不在家,外出旅行了,妈妈威胁我们说,爸爸回家来肯定会发脾气的。那天晚上,妈妈做了肉饼塞蛋——这道菜是妈妈照着菜谱学着做的,菜谱说不定就是她从那些杂志里看来的——我和妹妹坐在餐桌旁,忍不住瞟我们的作品。

“你们把这张桌子彻底给毁了。”妈妈说。

“对不起。”我们嘀咕道。

“说不定,你们的手指还会被刀切到。”

我们坐在那儿听妈妈的教训,头低低的,好像很忏悔的样子,但其实我们心里都在想着同一件事情,只不过妹妹说了出来。

“那,是不是让我们把名字刻完呢,至少那样就完整了?”

听她这样说,我差不多屏住了呼吸。妹妹太勇敢了。妈妈狠狠瞪了她一眼,但旋即忍不住噗哧一声笑了出来。妹妹也笑了出来。我呢,笑得把满嘴的肉饼沫子都喷了出来。

我们再也没把那名字刻完过。桌上永远留下了“查”和“吕贝”的字样。爸爸回家发现这件事情后,自然免不了吹胡子瞪眼。但后来的那些岁月里,在我们离开椒谷海滩镇很多年以后，我觉得，其实妈妈还挺喜欢我们在家里留下了一些印记，尽管那些印记不完整，还缺了几个字母。

※

现在，我又坐在了这张餐桌旁，我看到了那些刀痕，还在那里。我还看到了我的妈妈——或者是她的鬼魂，管她是什么呢——她从另一个房间里拿来了一瓶消毒药水和一块毛巾。我看着她把消毒药水倒在毛巾上，然后抓住我的胳膊，把我的衬衫袖子撸上去，好像我是一个从秋千上摔下来的小孩。或许你会想：在这样荒谬的情景下，为什么不大声地把疑问说出来呢。这一切，显然都是不可能的，首先要问的就是："妈妈，你不是死了吗？"

我只能说，事后想来，这样问，就好比我现在跟你能解释清楚一样，是有道理的。但在当时，看到死去的妈妈再生，我的震惊程度让我无力去求证其真实性。那像是一个梦，或许我身体的一部分在做梦，我不知道。假设你已经失去了妈妈，你能想象看到她又站在了你面前，近到伸手可以触摸，可以闻到她的气息吗？我知道我们已经埋葬了她。我还记得葬礼的情景。我还记得自己象征性地往她的棺木上掀了一锹土。

但是，她现在就在我面前坐了下来，用毛巾擦我的脸和手臂，看到那些伤口，她皱起眉，小声嘟囔道："看看你！"——我不知道该如何描述我内心的感受。那一刻，温情冲塌了我心里的防线。已经很久没有人愿意和我靠得这般近了，愿意这样温柔地帮我卷起衬衫的袖子。她关心我。她为我而紧张。我已经失去了让自己活下去的自尊，而她却在这里帮我擦伤口，我又感觉到了自己是个儿子；我倒在她的怀抱，就像晚上睡觉倒在枕头上那样自然。而且，我不希望这一刻结束。这就是我所能提供的最好的解释了。我知道那是不可能的。但我就是不希望它结束。

"妈妈。"我喊，声音微弱。

已经很久，很久没有说过这两个字了。死亡夺走了妈妈，好像也把那个词儿给永远地偷走了。

"妈妈？"

那其实只是一声哼哼，一声因嘴唇的颤动而发出的断断续续的哼哼声。可是，这个世界上纵有千言万语，还有哪两个字，你从嘴里喊出来的时候会有这样的感觉？

"妈妈？"

她用毛巾轻轻柔柔地擦擦我的手臂。

"查理，"她叹了口气，"看看你闯的祸。"

妈妈为我挺身而出的事情

那一年我九岁。我在镇上的图书馆。图书登记柜台后的那个阿姨喜欢从眼镜上方看人。那天我选了儒勒·凡尔纳的《海底两万里》。我喜欢封面上的插画，觉得住在海里一定是件很有意思的事情。我没有仔细看书里面的生字是不是太多，太难。那个图书管理员上上下下打量了我一番。我衬衫的一个下摆露在了裤子外面，一只鞋的鞋带没有系上。

“这书对你来说太难了。”她说。

我看着她把书放回到她身后的书架上。这书说不定会被锁到柜子里。我走回到儿童图书区域，选了一本关于猴子的图画书，回到登记柜台。她什么话也没有说就在书上敲了个出借章。

妈妈开车来接我，我开了车门坐在她旁边的座位上。她看了看我借的书。

“这本不是已经读过了吗？”她问。

"那个阿姨不让我借我想看的那本。"

"哪个阿姨?"

"就是管图书的那个阿姨。"

她熄了车子的引擎。

"她为什么不让你借?"

"她说太难了。"

"什么太难了?"

"书。"

妈妈把我从车子里揪出来,拖着我昂首阔步走回图书馆,直奔出借柜台而去。

"我是贝奈特太太。这是我的儿子,查理。是你告诉他,那本书对他来说太难了吗?"

那个图书管理员绷直了身体。她比妈妈年长许多,但妈妈说话的语气与平日里她和长辈们讲话完全不一样。我很吃惊。

"他想要借儒勒·凡尔纳的《海底两万里》,"她摸了摸眼镜,说,"他太小了,你看看他。"

我低下头。我看着我自己。

"书在哪里?"

"你说什么?"

"书在哪里?"

那个阿姨转身拿出那本书，“扑通”一声扔在柜台上，好像要用书的重量来证明她的观点。

妈妈抓起书，塞进我怀里。

“请您永远也不要告诉小孩子，某件事情对他来说太难，”妈妈冲她嚷道，“特别是永远——永远不要——对这个孩子这么讲。”

还没回过神来，怀里紧紧抱着《海底两万里》的我已经被妈妈拽出了门。我感觉我们刚刚抢劫了一家银行似的，妈妈和我，我很害怕我们是不是闯了大祸。

我没有为妈妈挺身而出的事情

我们坐在餐桌旁。妈妈正在端晚餐上来。意大利肉酱面。

“还是不对。”爸爸说。

“又来了。”妈妈说。

“又来了。”妹妹模仿着妈妈的语气重复了一遍。她把叉子放在嘴巴里转来转去。

“当心，你会戳到自己的。”妈妈把叉子从妹妹的嘴里拔出来。

“是奶酪，或者是油没有放对。”爸爸看着面条说，好像那盆面条让他打恶心。

“我都已经试过几十种不同的烧法了。”

“不要夸张了，宝儿。难道烧一点能让我下咽的东西就这么难吗？”

“你吃不下去？这面条你咽不下去？”

“上帝啊，”爸爸继续埋怨道，“你又来了。”

妈妈转过脸,不去看他。

“好吧,你吃不下,”她一边说,一边怒气冲冲地往我的盘子里舀了一大勺。“你不吃,我吃,好了吧?我吃饱了撑的和你来吵架。吃,查理。”

“这么多啊。”我说。

“我给你什么你就吃什么。”她语速极快。

“太多了!”

“妈咪。”妹妹插嘴道。

“我只是想说:宝儿,我要你做,是因为你能做出来。就是这个意思。我已经告诉你成千上百次了,这个肉酱面味道不对。如果味道不对,它就是不对。你希望我撒谎来哄你开心吗?”

“妈咪。”妹妹又插嘴了,手中摇晃着叉子。

“呸,”妈妈一边反驳,一边把妹妹的手往下拉。“别这样,吕贝塔。听着,雷,下次你还是自己做吧。你自己做你的意大利美食去吧。查理,吃!”

爸爸冷笑一声,摇了摇头。“你又是老一套。”他抱怨道。我看看他。他看看我。我用叉子卷了些意大利面送进嘴里。他向我扬了扬下巴。

“你说说看,你觉得你妈做的意大利面条味道怎么样?”

我嚼。我咽。我看看他,再看看妈妈。她气得肩膀都耸了起来。现在，他们俩都等着我说话。

“不好吃。”我看着爸爸，嘟囔着说。

他发出呼哧一声，给了妈妈一个白眼。

“连小孩子都知道。”他说。

全新的开始

“那么，今天，你就留在这里吧？”我妈说。

她站在煤气灶前用塑料勺打蛋。土司已经烤好，白脱油已经放在桌上。边上还有一壶咖啡。我靠在椅子上，神思恍惚，好像连吞咽食物都很困难。我觉得如果我动作太快的话，身体就会爆炸。她腰间系着一条围裙，她的行事举动，从我见到她的那一刻开始，就好像这只不过是普通的一天。就好像是我突然出现，来看望她，而她就像往常那样，替我做早饭。

“查理，可以吗？”她问，“抽空和你妈待上一天？”

我听到了锅子里黄油和鸡蛋嗞嗞冒着热气的声音。

“呃？”她说。

她举着平底锅朝我走来。

“为什么不说话？”

我花了好几秒钟才让自己的喉咙发出声音来，就好像我在努力回忆应该怎样发声一样。怎么和死人说话呢？是不是有什么特别的表达方式？还是有一套暗语？

“妈妈，”终于，我说出话来，但声音很轻。“这不可能。”

她从锅里舀出鸡蛋来，一勺一勺盛在我的盘子里。我看着她满是青筋的手。

“吃吧。”她说。

从美国历史上的某一点开始，有些事情发生了变化，现在的父母能够两个人一起通知孩子，他们离婚了。让孩子们坐下。告诉他们家庭规则的变化。而我的家是在这个启蒙时代来临之前破裂的；爸爸一走，就没再回头。

以泪洗面过了几天后，妈妈重新涂上口红，抹上睫毛膏，下厨房为我们做煎土豆。在递给我们盘子的时候，她说："爸爸不住这里了。"好像事情就这么简单。就像戏台上换了一个场景。

我已经不记得爸爸是什么时候把他的东西拿走的。有一天放学回家，我们发现屋子一下空了许多。门厅的柜子里空出许多地方。车库里也少了很多工具和盒子。我记得妹妹哭着问妈妈，"爸爸是不是因为我不乖才不回来的？"她还向妈妈保证，如果爸爸回来，她一定做个乖孩子。我记得我当时也想哭，但那时候，我已经能够意识到，以后这个家里，只有我们三个人了，不是四个，而我是其中唯一的男人。尽管只有十一岁，我还是能够感觉到肩上担负着的男子汉的责任感。

何况我以前哭的时候，爸爸常常要我"振作"。"振作起来，孩子，振作起来。”就像所有父母离异的孩子那样，我努力想表现好一点，好让那个离去的家长重新出现。所以我没有流眼泪：鸡仔，你不能哭。

※

最初那几个月，我们以为爸爸的离去只是暂时的。爸妈吵架了。他们需要分开来冷静一下。天下的爸爸妈妈都会吵架，不是吗？我们的爸妈就常常吵架。他们还在一起的时候，我和妹妹就常常趴在楼上的楼梯口，我穿着白短裤，妹妹穿着浅黄色的睡裙和芭蕾舞鞋式样的拖鞋，听他们在楼下争吵。有时候，他们是为了我们而争吵：

“在这件事情上，你就不能站出来，管一管吗，雷？”

“这又不是什么大事情！”

“怎么不是！你总是让我当恶人去教训他们！”

有时候是关于工作：

“你就不能多花点精力在家里吗，宝儿！医院里的病人不是唯一需要你照顾的人!”

“他们病了,雷。你的意思是让我对他们说:不好意思,这些事我干不了,因为我丈夫还等着我回家,帮他烫衬衫?”

或者是关于我的棒球。

“训练太多了,雷!”

“这对他有好处。说不准他就是棒球明星的料。”

“你看看他!他都要累死了!”

有时候,坐在楼梯的台阶上,妹妹会用手捂住耳朵,嘤嘤地哭。而我总努力去听他们在楼下到底讲了些什么,就好像我蹑手蹑脚,偷偷闯入一个成人的世界。我知道爸爸总是工作到很晚,在最后那几年,他常常彻夜不归,陪他的批发商,他告诉妈妈:“宝儿,你要知道,如果我不陪他们应酬,他们就会在生意上耍我。”我知道他在克林斯伍德开了另一家店。那个地方离开家大概有一小时车程,他一周去那里工作几天。我知道一家新店意味着更多的钱,更好的车。但我也知道妈妈一点也不觉得那样有什么好。

所以，是的，他们争吵，但我从来没有想到这会导致任何严重的后果。在那个年代，很少有父母离婚的。他们会想办法解决。夫妻总是一起的。

我还记得我们一家一起去参加一个婚礼。爸爸穿着租来的燕尾服，妈妈穿着一条闪闪发亮的红裙。宴会上，爸妈站起来跳舞。我记得我看到妈妈举起右手，爸爸用他的大手握住妈妈的手。虽然还很小，但我已经能够看出，他们是舞池里最漂亮的一对。我爸个头很高，身材像运动员，白衬衫下的肚子平平的，一点也不像其他人的爸爸那样有一个啤酒肚。那妈妈呢？哦，她看起来好开心，涂着红色唇膏的嘴唇向上微微翘着。妈妈开心的时候，漂亮得没有人能比得上。她舞又跳得特别好，你除了盯着她看没别的办法。她的红裙成了一个焦点，全场的目光都随着她转动。我听到桌上有几个老妇人在那里颇为不满地嘀咕，说着“有点过分啊”，“一点都不检点”之类的话。虽然小，但我也能分辨出，她们是因为嫉妒她的美丽才那样说的。

那就是我眼里的爸爸妈妈。他们争吵，但他们也跳舞。爸爸从我们的生活中消失以后，我还常常想起那个夜晚，我还几乎让自己相信，他会回来再看看她穿着红裙子的模样。他怎么能够不来呢？但过了一阵子以后，我就没有了这个念头。再回想起那场婚礼，我感觉像是在看一张褪了色的，度假时拍的照片。照片记录的不过是一个很久以前曾经去过的地方罢了。

“今年，你们有什么计划？”爸妈离婚后的第一个九月，妈妈这样问我。学校又要开学了，她是在问我们有什么“新打算”、“新计划”。妹妹要求去看木偶剧。我看着妈妈，第一次学会皱起眉头说话。

“我想打棒球。”

共进早餐

我不知道我在那个厨房待了有多久——我的头还是昏昏沉沉、摇摇晃晃的，就好像脑袋撞上了汽车——但不知道哪一刻开始，可能是妈妈说“吃吧”以后，我的身体开始适应了在那里的感觉。妈妈怎么说，我就怎么做。

我放了一勺子炒蛋到嘴里。

我的舌头几乎立即起了反应。我已经有两天没吃东西了，我像个监狱囚犯那样把食物囫囵吞枣似的往肚子里塞。咀嚼让我暂时忘了所处情境的荒谬。老实讲，与其说那盆炒蛋的味道好，还不如说它带来了我熟悉的滋味。我不知道为什么妈妈做的食物，味道就是不一样，特别是那些家常菜——煎饼、肉饼、吞金枪鱼色拉——那些食物里带着记忆的味道。我妈妈喜欢在炒蛋里放一点香葱——我称之为“绿末末”——它们果然又出现了。

所以，我吃着一顿过去时的早餐，在一张过去时的餐桌旁，和一个过去时的妈妈在一起。

“慢慢来，别噎着了。”她说。

这句话，也是过去时的。

我吃完后，她拿起盘子走到水槽边开始洗碗。

“谢谢你。”我小声说。

她抬起头。“你刚才说‘谢谢你’吗，查理？”

我轻轻点点头，幅度小到让人几乎难以察觉。

“为了什么？”

我清了清嗓子：“为了早餐吧。”

她笑了，继续擦着盘子。我看她站在水槽边，熟悉的情感涌上心头，我坐在餐桌边，她站在水斗旁。就这样，我们聊过多少次天，聊学校，聊朋友，聊街坊四邻的流言蜚语我是不是应该相信，哗哗的流水声总让我们说话的声音越来越响。

“你不可能在这里……”我开口道，但又打住了。我是这么渴望和她说话——然而，在那一刻，我什么也说不出来。

她关上水龙头，用毛巾擦了擦手。

“噢，看看时间，”她说，“我们该出发了。”

她回到餐桌旁，弯下腰，用双手把我的脸拢住。她的手很温暖，还有点湿乎乎的。

“不用客气，早饭而已。”她说。

她抓起桌子上的手提包。

“好了，现在乖乖穿上衣服吧。”

7 月 20 日，1959 年

亲爱的查理：

我知道你很害怕，但其实没有什么好害怕的。我们都做过扁桃腺摘除手术。你看看我们，我们不都还好好的么！

拿着这封信。在医生进来前，把信塞在枕头下。他们会给你一些药，吃了药，你会觉得昏昏沉沉的。在你睡着以前，你要记得妈妈的信就在枕头下陪着你。如果你醒来的时候妈妈还没有来，那你就从枕头下把信拿出来，再读一遍。读这封信的时候，你就想象妈妈在你身旁对你讲话。

我很快就会到的。

然后，你就可以吃冰激凌了，想吃多少，就吃多少，怎么样？

爱你每一天。

妈妈

离婚后的家

爸妈离婚以后，我们试图和以前一样过日子。但是，左邻右里不给我们这样的机会。小镇的生活像个节拍器；只要有一丁点抖动，节奏就变了。人们对我和妹妹更和气了。在医生的办公室里，我们总能多拿几根棒棒糖，我们买到的冰激凌球，也总比别人大些。在街上遇到老妇人，她们会热切的搂住我们的肩膀问："孩子们，过得还好吧？"这个问题让我感觉她们像是在对大人说话，因为如果是对孩子说话，通常会问："孩子们，在玩什么呢？"一般对孩子的问题，关键词总是"什么"。

如果说，我们孩子得到了更多善意的关怀，那么妈妈则没有。那时候，没有什么人离婚。我生活中也没有其他任何一个小孩的家庭有这样的问题。离婚，至少在我们生活的那个地方，是丑闻，其中的一方，必遭谴责。

这个谴责落在了我妈妈身上，主要因为她还留在镇上生活。没有人知道雷和宝儿之间到底发生了什么，但雷已经离开此地，而宝儿还留在了这里给人审判。她拒绝寻求别人的同情，趴在他人的肩膀上哭泣。更糟糕的是，她还年轻，又漂亮。所以对女人来说她是一个威胁，对男人来说是一个机会，对孩子来说是个奇怪的人。设身处地想一想，你会发现这真不是什么好处境。

好几次，我注意到我们在超市的货架之间，推着购物车的时候，人们用特殊的眼光看着妈妈。这种特殊的眼光在妈妈送我们去学校的时候也能看得到。那是爸妈离婚后的第一年，她总是穿着她的护士白大褂和白鞋白袜送我们去学校。在校门口，她总是走出汽车和我们吻别，我能强烈地感觉到，其他人的妈妈们盯着我们看。吕贝塔和我变得很不自在，离学校越近，我们就越局促不安。

“给妈妈一个吻。”有一天，妈妈弯下腰说。

“不要了。”我边说边闪开。

“不要什么？”她问。

“就是……”我耸起肩膀，皱着眉。“就是……不要啦。”

我不敢看妈妈的脸，所以我就看着自己的鞋。她弯着腰，一动不动，过了几秒，才直起身子。我听到她吸了一下鼻子。我感觉到她捋了捋头发。

等我抬眼看时，她已经开车走了。

※

有天下午，我和一个小伙伴跑到教堂的停车场玩球，教堂的后门突然开了，走出来两个修女。我们以为做错了什么事情，站着没敢动弹。但两个修女朝我招了招手。她们各自端着一个铝制的餐盘。我走近她们，可以闻到盒子里肉饼和青豆的味道。

“过来，”其中的一个对我说，把铝盘子递给我。“这是给你家的。”

我不明白她们为什么要给我食物。但我又吃不准是不是可以对修女说“不，谢啦”。所以我默默接过盘子，端起盘子往家走，心想大概是妈妈特意定的。

“你拿的是什么？”进屋时，妈妈问我。

“是修女给我的。”

她打开包住餐盘的保鲜膜，嗅了嗅食物的味道。

“是你问她们要的吗？”

“没有啊。我在那里玩球。”

“你没有问她们要？”

“没有。”

“我们不需要别人的食物，查理。我们不需要别人的施舍，你要弄明白。”

我觉得需要为自己辩护。我还不太明白“施舍”是什么意思，但我听得出来，施舍不是什么人人都想要的好东西。

“我没有问她们要！”我抗议说。“我压根不爱吃青豆！”

我们互相看着对方。

“这又不是我的错。”我说。

她从我手中接过两个盘子，把里面的食物统统倒在水槽里。她用一把大勺子，把肉饼一勺勺塞进水槽的下水口。然后是青豆。她的动作里充满了怒气，我的眼睛一眨不眨，看着她。她把所有的食物都塞进了那个小孔。然后，她拧开水龙头，打开安装在水槽孔里的搅拌机。搅拌机发出轰鸣声，一会儿轰鸣声突然变强了，说明塞进去的东西都已经被粉碎干净。妈妈移开水槽孔的盖子，关上水龙头，在围裙上擦了擦手。

“好了，”妈妈转过头对我说，“饿了吗？”

※

我第一次听到别人称妈妈为“离婚的女人”，是在一次全国性的棒球巡回赛后。教练把队员们的球棒都扔在他的客货两用车的后备厢里，另一个球队有个队员的爸爸从里面错拿了我的球棒。我跑去对他说："这个是我的。"

"是吗？"他边看着手里的球棒，边问我。

"是啊。这根球棒是我放在自行车后带过来的。"

他确实有理由怀疑我。大多数孩子是坐他们爸爸的车去参赛的。

"好吧，"他说着，把球棒递还给我。然后，他眯缝起眼睛，问我："你就是那个离婚的女人的孩子吧？"

我看着他，无言以对。离婚的女人？这个词听起来好古怪，我从来没有把这个词和妈妈联系起来。人们通常会问我，"你是雷·贝奈特的孩子吧？"我不知道哪种问法更让我不舒服，是这个听起来很古怪的新称谓，还是那个熟悉的、但已经不再是我爸爸的那个人的名字。

"那你妈妈，怎么样啊？"他问。

我耸耸肩。"她很好。"

"是吗？"他说。他在观察我脸上的表情。"她有什么需要帮忙的吗？"

我感觉妈妈好像就站在我的背后，我是她和前面这个人之间唯一的阻隔。

"她很好。"我重复道。

他点了点头。

某些人的点头是不可信的。我就没有相信他的点头。

※

如果那天是我开始熟悉“离婚的女人”这个字眼，那么，我还清楚地记得，是什么时候，它变成了一个让人惧怕的名词。那天，妈妈让我去食品店买一些番茄酱和卷饼。为了少走一点路，我绕到院子后面。转过隔壁家的房子，我看到学校里两个年级比我高的孩子，正鬼鬼祟祟靠在一起。其中那个颇为健壮的孩子，雷恩，似乎是想挡住胸前一样什么东西，不让我看到。

“嗨，贝奈特。”他招呼我，语速显得有些急促。

“嗨，雷恩。”我回答。

我看了看另外一个男孩。“嗨，卢克。”

“嗨，鸡仔。”

“去哪里?”雷恩问。

“范尼利食品店。”

“噢，是吗?”

“是的。”

他藏在衬衫后面的手伸了出来。原来他拿着一个望远镜。

“用这干吗呢?”我问。

他转过脸看看后面的树。“这可是军用物资,”他说,“是双筒的。”

“能够放大二十倍。”卢克补充道。

“让我看看。”

他把望远镜递给我,我举起来,放到眼前。镜筒的四周还带着体温的余热。我朝上看看,又向下看看。先看到模模糊糊天空的颜色,然后是一片松树,然后是我自己的脚。

“他们打仗的时候用这个来侦查敌人。”卢克说。

“这是我爸爸的。”雷恩说。

我最恨听到爸爸这两个字。我把望远镜递还给他。

“再见。”我说。

雷恩点点头。

“再见。”

我继续往前走,但总觉得有些什么不对劲的地方。雷恩刚才迅速把脸转向树丛的方向的样子,让我心生疑窦。所以,我又绕过那幢房子,躲进树丛,想看看他们究竟在做什么。接下来,我所看到的那一幕,现在想来依旧能让我怒火中烧。

那两个人,紧紧挨着对方站着,他们不再面对着树丛,而是朝着另外一个方向,我家的方向。他们轮换着举起望远镜。随着他们望远镜的方向看去，镜筒正对着妈妈卧室的窗口。我看到她的身影从窗框边闪过，看到她把双手举过头，我立即意识到：下班回家，换衣服，卧室。我感到自己的身体一下子变得冰冷。有一样东西在我的身体里，从脚底心一下子蹿到了脑脖子上。

“噢，耶，”我听到雷恩小声欢呼着，“看那个离了婚的女人……”

我觉得我这辈子从来没有那么愤怒过，以前没有，以后也再没有过。我的双眼冒着怒火，向比我年长的他们冲了过去。我从他们背后扑上去，一把抓住雷恩的脖子，拳头像雨点般，落在一切正在移动的事物上。一切。

散　步

妈妈穿上了白色的粗呢外套，然后稍稍晃了晃肩膀，让外套妥妥帖帖落在身上。在她生命的最后几年里，妈妈常去给那些年老得无法出门的老太打理头发。她挨家挨户地去，让这些老太太们能继续享受美发的权力。她说她有三户人家要去。我随她穿过车库，脑子里依旧一片混沌。走到房子外面。

“想不想沿着河走过去，查理?”她说，“一天中的这个时候非常美好。”

我无语，点点头。自从躺在湿草丛里，看着撞成了一团的车皮，时间过去有多久了？我还尝得出嘴里的血腥味，疼痛像波浪一样，一阵阵向我袭来，这一分钟还没事，下一分钟就浑身疼痛起来。但我不知怎么就在这里了，走在老镇的街道上，穿着呢子外套的妈妈走在我边上，我还替妈妈拿着她装了美发工具的紫色塑料包。

“妈妈，”我终于鼓起勇气问：“你怎么会……？”

“怎么会怎么样，亲爱的？”

我清了清喉咙。

“你怎么会在这里呢？”

“我住这里。”她说。

我摇了摇头。

“不，”我小声说，“你已经不住这里了。”

她抬头看了看天。

“你知道吗，你出生的那一天，天气跟今天一模一样。有点冷，但很舒服。我是黄昏的时候被推进产房的，记得吗？（妈妈说话的语气，让我觉得应该回答她，‘噢，是的，我记得。’）那个医生，叫什么名字来着？莱珀索？对，莱珀索医生。他让我一定要在六点以前把孩子生出来，因为那天晚上，他老婆给他准备了他最爱吃的晚餐，他说他可不想错过。”

这个故事我已经听过了。

“炸鱼条。”我小声附和道。

“炸鱼条。想不到吧？这么简单的东西。至少也应该是牛排，才说得过去吧。哎，算了，我才不管呢，反正他吃到了他的炸鱼条。”

她看着我，眼神里带着些许调皮。

"而我呢，得到了你。"

我们又走了几步。我头疼欲裂，用拳头敲了敲额头。

"怎么了，查理？是不是很痛？"

这是个简单的问题，但我却无法回答。痛？我应该从哪里说起呢？撞车？翻车？三天来靠酒精维持的生命？婚礼？我的婚姻？抑郁症？过去的八年？我还有不痛的时候吗？

"我好久没有感觉这么好了，妈妈。"我回答。

她继续往前走，眼睛注意着路旁的草丛。

"你知道吗，我和你爸爸结婚后的三年里，一直想要一个孩子。那个时候，结婚三年还不生孩子，算是很长的时间了。人们开始议论，是不是我身体有什么问题。我自己都开始怀疑自己。"

她轻轻吸了一口气。"我不能够想象没有孩子的生活。有一次，我甚至……等等，让我看一看。"

她带着我，朝我们院子一角的一棵大树走去。

"这是有一天深夜，我睡不着，"她拍打着树干，摩挲着树皮说，好像要挖掘出一件宝藏。"哦，还在呢。"她说。

我凑过去，看到树干一侧上刻着"求求你"几个字母。小小的，弯弯扭扭的字。要仔细看才看得清，但确实是那几个字。"求求你"。

“不是只有你和吕贝塔才在木头上刻字呢。”妈妈笑着说。

“这是什么意思呢?”

“一个祈祷。”

“祈祷有个孩子?”

她点点头。

“为了生我?”

又是点点头。

“在一棵树上?”

“树每天都向上看,望着上帝的方向。”

我做了一个鬼脸。

“我知道,”她举起双手,像是向我投降。“你总是老一套,妈妈。”她模仿我的口气说道。

她又摸了摸树皮,发出了轻轻的吁声。她似乎在回忆自从我降生以来发生的所有事情。如果她知道了我的状况,又会有怎样的感慨呢?

“现在,你知道妈妈是多么希望把你生出来了吧,查理,”妈妈的手松开树干,“做孩子的,常常会忘记这些。他们觉得自己的降生是个负担,而不是父母实现了的心愿。”

她拉了拉外套。我想要哭。实现了的心愿?有多久没有人对我说过这样温暖的话了。对此,我应该心存感激,感到羞愧，并对自己的自暴自弃感到后悔，对吧？但是，那一刻我心里想的是酒，我想要喝上一杯，最好是几杯。我渴望陷入酒吧的昏暗之中，在灯泡微弱的光晕下，我渴望尝到让人麻木的酒精的滋味，看着一杯杯的酒变空，知道自己喝得越快，就越快超脱于这个世界。

我走近她，把手放在她的肩膀上。我多少有点期待着我的手会直接穿过她的身体，就像我们在鬼片里看到的那样。但是，没有。我的手落在她的肩膀上，我可以隔着衣服感觉到她瘦弱的身躯。

“你已经死了呀。”我脱口而出。

一阵风突然翻卷起地上的落叶。

“你不要想太多了。”她说。

※

宝儿·贝奈特是个能说会道的人，大家都这么说。但是，不像其他善于讲话的人，她同样善于倾听。在医院里工作的时候，她倾听病人的诉说；在炎热的夏天，坐在折叠式的沙滩椅上，她倾听邻居们的闲聊；她喜欢听人讲笑话。她会笑得弯下腰去，顺势推推讲笑话的人的肩膀。她是个好听众。她很迷人。那是人们对她普遍的看法。有魅力的宝儿。

但显然，这些都只是爸爸的手还揽着她肩膀的时候的情形。离婚以后，离开了他的臂膀，其他女人就不希望这样一个有魅力的女人离她们的丈夫太近了。

就这样，妈妈失去了所有的朋友，就好像得了鼠疫一般。她和爸爸以前不是一直同邻居们玩扑克吗？结束了。不是常常收到邀请，去参加生日派对吗？再也收不到了。每年七月四日的国庆野外烧烤会还是举行的——到处可以闻到炭烧的味道——但是没有人邀请我们参加。圣诞节，照例会看到别人家的屋子前停着许多车，透过客厅窗户可以看到许多大人走来走去。而我们的妈妈却待在家里，和我们在一起，和面粉做饼干。

"你不去那个派对吗？"我们问她。

"我们在这里不就是个派对吗。"她这样回答我们。

她让我们觉得，留在家里是她自己的选择。就我们三个。很久以来，我以为新年之夜就该待在家里，在冰激凌上洒上巧克力糖浆，在电视机前吹喇叭敲铃铛。直到有一年，我吃惊地发现我同龄的少年玩伴都利用这天晚上，偷家里酒柜中的酒喝，因为他们的爸爸妈妈总在这一晚穿戴整齐，八点一到就出门了。

“你的意思是，新年的晚上，你被你妈套牢了？”我的伙伴问我。

“是啊。”我悲哀地说。

但是，事实是，我魅力十足的妈妈，被我们套牢了。

我没有为妈妈挺身而出的事情

老爸离我们而去的时候，我已经过了相信圣诞老人的年纪了，但吕贝塔只有六岁，她还相信那不是个游戏：她留下一些饼干，写一张纸条，圣诞夜乖乖上床，然后偷偷摸到窗边，指着星星问："那是圣诞老公公的驯鹿吗？"

我们三个人一起过的那第一个十二月，妈妈想为我们准备一个特别的节目。所以她准备了全套的圣诞老人服装，红外套，靴子和白胡子。圣诞节的晚上，她嘱咐吕贝塔九点半上床睡觉，还有不管发生了什么，十点钟的时候千万不要去客厅——这自然意味着，吕贝塔会在十点不到的时候悄悄从床上爬起来，像个小夜鹰一样偷看客厅里到底会发生什么。

我跟在她后面，拿着一个手电筒。我们在楼梯上坐下。突然间，屋里所有的灯都熄灭了。我们听到了窸窸窣窣的声音。妹妹紧张地大声喘气。我拧亮了手电筒。吕贝塔小声尖叫起来："不要，鸡仔！"我关上手电筒，但正处于青春反叛期的我，不知怎么又拧亮了手电筒。在光影中,我看到妈妈穿着圣诞老人的衣服,背着一个枕头套做的礼物袋。她转过身,压着嗓子低声说,“驾! 驾! 驾! 是谁在那里?”妹妹的身子往后躲,而我,不知为什么,用手电筒的光追着妈妈的身影,并把光直接打在她的脸上,她只能抬起一只手去挡光。

“驾! 驾!”她继续着那个游戏。

吕贝塔像个小虫子一样蜷缩起身子,用拳头捂住眼睛,但又忍不住透过指缝向外张望。她小声哀求道,“鸡仔,关掉手电筒!你会把他吓走的!”但当时的我,觉得这一切都很荒谬,难道从此以后一切事情我们都要假装吗,假装我们的餐桌坐满了人,假装扮演圣诞老人,而且还是女扮男装,假装我们还是一个完整的家庭,虽然四分之一个角已经没有了。

“那不过是妈妈而已。”我残忍地说。

“驾! 驾! 驾!”妈妈还在做最后的努力。

“不是的!”吕贝塔说。

“是的,就是的。你这个傻瓜。是妈妈。圣诞老人不可能是女的,笨蛋。”

手电筒的光束一直没有离开妈妈,我看到她的姿势变了,垂头丧气的样子,好像是被警察抓住的潜逃犯。吕贝塔哭了。我可以感觉到妈妈那一刻一定想大骂我一通,但是她不能够,因为她还穿着圣诞老人的衣服，所以，她只能用露在圣诞帽和棉花做的假胡子中间的眼睛狠狠瞪了我几眼。那一刻，这个家好像到处都在发出“你们没有爸爸了”的声音。终于，妈妈不得不妥协，她扔下背上的那个装满了礼物的枕头套，从大门口走了出去，没有再发出“驾，驾”的声音。妹妹跑回自己的房间，倒在床上放声大哭，留下我独自一人坐在楼梯口，手里的电筒照着空无一人的房间，和房间里的圣诞树。

罗 丝

我们继续在老镇的街道上走。此时，我已经云里雾里、恍恍惚惚地接受了——怎么说呢——暂时的错乱？我决定跟着妈妈，随她走到哪里，直到我能够明白过来自己到底在做什么。说实话，我还真不希望这一切马上结束呢。亡故的亲人重又出现在眼前，跳出来捣蛋的是你的理智，而不是你的心。

她要去的第一户人家在雷哈街上，是一幢小小的砖头房子，离开我家只隔了两个街区。房子的门廊上有铁皮的遮棚，门廊前还有铺着鹅卵石的花坛。早晨的空气特别爽洌，此时的晨光有些奇怪，把笼罩在其中的景色的边边角角勾勒得特别清晰，好像是用墨水画出来的一般。一路上，我们什么人都没有遇到，但此时是清晨刚过的时分，可能大部分人都已经开始工作。

"敲门吧。"妈妈对我说。

我敲了敲门。

“她耳朵不好，敲重一点。”

我又砰砰敲了几下。

“再敲。”

我几乎是在砸门了。

“不要那么用劲。”妈妈说。

终于，房门开了。一个穿着罩衫、拄着拐杖的年迈的老妇人出现了，她的嘴噘着，脸上露出困惑的笑容。

“早上好啊，罗丝，”妈妈的声音悦耳动听，“今天我带了个年轻人来。”

“哦……知道了。”罗丝说。她的嗓音非常尖细，几乎像唱歌的小鸟。

“还记得我儿子查理吧？”

“哦，当然，当然记得。”

她往后退了几步。“进来吧，进来吧。”

屋子小小的，但很整洁，里面的摆设像凝固在了七十年代。地毯是深蓝色的。沙发上盖着塑料防尘布。我们跟着她向洗衣间走去。跟在拄着拐杖的罗丝后面，我们的步伐放得又小又慢。

“今天过得还好吧，罗丝？”妈妈问。

“哦，是的。那都是因为，今天你来看我了。”

"还记得我儿子查理吧?"

"哦,是啊。很英俊啊。"

她背对着我,看也没看清楚我,就这么说了。

"你的孩子们怎么样,罗丝?"

"你说什么?"

"你的孩子们?"

"噢,"她挥了挥手。"一星期一次,他们来看我。像完成一桩任务。"

那一刻,我无法判断,这个罗丝是谁,或者说,这个罗丝是什么?是鬼魂吗?还是活生生的人?她的屋子看起来很真实,屋里的暖气实实在在的,空气中还漂浮着吐司的香味。我们走进洗衣间,水槽旁放着一把椅子。屋子里有一台收音机开着,正放着音乐。

"能关上吗,年轻人?"罗丝头也不回地说,"那个收音机。有时,我开得太响了。"

我找到收音机的开关,摁下按钮。

"真糟糕,你听说了吗?"罗丝说,"今天高速公路上发生了一起车祸。刚才新闻里说的。"

我僵住了。

"一辆轿车和一辆卡车。撞上了一个大广告牌。活活把牌子撞倒了。很恐怖。”

我瞟了妈妈一眼，看她是不是会转向我，要我老实交待。承认你做的一切吧，查理。

“罗丝，别想那个了，新闻总是让人沮丧。”妈妈一边从她的工具包里拿东西，一边说。

“噢，这倒是的，”罗丝回答，“说的对。”

等等。她们已经知道了？她们还不知道。恐惧涌上我的心头，好像马上会有人敲玻璃窗，要我出去。

罗丝朝着我的方向，先转过她的拐杖，然后是她的膝盖，最后是她羸弱的肩膀。

“你能够抽出时间，和你妈妈待上一天，真是不错，”她说，“做孩子的应该多陪陪父母。”

她摇摇晃晃地扶住水槽边的椅子。

“好了，宝儿，”她说，“现在，你能够让我变得漂亮一点吗？”

※

或许，你会想，我妈妈什么时候变成了剪头发的了呢？我已经提到过，她是个护士，而且，她非常喜欢那个职业。对于为病人包扎伤口，扎针验血，用好话安慰忧心忡忡的病人之类的事情，她有无穷无尽的耐心。男病人们自然喜欢像妈妈这样年轻漂亮的护士；而女病人们也爱妈妈给她们梳理头发、涂抹口红。我猜想这可能是当时护士们的工作之一，但妈妈还常常额外帮她们抹腮红、涂眼线。她觉得这样做会让她们自我感觉好一点。住院就是为了自我感觉好一点，不是吗？“住院不意味着等死。”妈妈过去常这样说。

有时候，在饭桌旁，妈妈会看着远方，若有所思，提起患了肺气肿的“可怜的哈维森太太”，或者是患了糖尿病的“可怜的罗伊·安迪哥先生”。时不时妈妈会突然不再提起某个人，妹妹就会问，“老奶奶格林克丝今天怎么样了呢？”妈妈会回答说：“亲爱的，她回家了。”爸爸会扬起眉毛，看妈妈一眼，然后继续吃饭。我懂事以后才明白妈妈所说的“回家”，其实是死了的意思。通常在这种时候，爸爸会想办法改变饭桌上的话题。

※

我们住的那个地方只有一家医院，自打爸爸从我们的生活中消失以后，妈妈加班加点工作，这就意味着她不能到学校去接妹妹放学。这个任务常常落到了我身上，陪妹妹走回家，然后再骑自行车去练棒球。

“你觉得爸爸今天会在家里吗?”妹妹有时候会问。

“不会,你这个傻瓜,”我会告诉她,“为什么他今天要在家里?”

“因为院子里的草长高了,他该除草了,”她会这样回答,或者是:“因为院子里有很多落叶要叉走”,或者是:“因为今天是星期四,妈妈星期四会做炖羊肉给我们吃。”

“我不觉得那是个好理由。”我说。

她总是会想一想,然后冒出下一个显而易见的问题。

“那鸡仔,爸爸为什么不回来了?”

“我不知道! 他就是不回来了,知道吗?”

“那也不是什么好理由。”她嘀咕道。

那一年,我十二岁,妹妹七岁,有天下午我们两个刚从校门口出来,就听到街对面有人冲着我们摁汽车喇叭。

“是妈妈!”吕贝塔说,冲过马路。

事情有点奇怪,妈妈没有开门下车。妈妈常常教导我们说,对别人摁车喇叭是不礼貌的行为。很多年后,她还警告妹妹说,任何不跑到车门旁为她开门的男孩,都不值得她去约会。但那一刻,她居然摁了喇叭,也不下车。我跟在妹妹后面,穿过马路,上了汽车。

妈妈看起来有些不对劲。她的眼皮下有黑色的污痕,她还不停清嗓子。她没有像通常那样穿着护士的白褂子。

“你怎么在这里?”我问她。那个时期,我对她就是这样不礼貌。

“给你妈妈一个吻吧。”她说。

我斜过头,让她亲了亲我的头发。

“他们让你早下班了吗?”吕贝塔问。

“是的,甜心,差不多是这样。”

她吸了吸鼻子。透过车窗外的后视镜,看了看自己。然后她擦干净眼睛下的黑痕。

“我们去吃冰激凌怎么样?”她问。

“耶! 耶!”妹妹欢呼道。

“我要去练球。”我说。

“噢,今天要不就别去了吧,好吗?”她说。

“不,不行,”我斩钉截铁地说,“训练是不能不去的,我必须去。”

“谁说的?”

“教练,人人都这样说。”

“我要去吃冰激凌! 我要吃冰激凌筒!”吕贝塔嚷嚷道。

“那我们快去快回?”妈妈问我。

“别烦了! 不! 没有听到吗?”

我抬起头，瞪着她说。我所看到的妈妈的眼神，是我之前从未见过的：妈妈看起来不知所措。

后来，我才知道，妈妈工作的医院在那一天把她给解雇了。不少医院的工作人员认为她的存在，对男医生来说是一个诱惑，因为她离婚了，变成了独身。后来，我还知道医院里有一个颇有地位的人对妈妈有所企图，妈妈为此而投诉其行为不轨。她为自己挺身而出的结果是得到如下建议："这样做再也不管用啦。"

你知道吗，奇怪的地方在于，就在我看到她那个眼神的时候，我好像明白了一切。当然，细节我不清楚，但不知所措就是不知所措，我能够看懂那个眼神，因为我也曾经不知所措过。而且，我恨她流露出那种表情。我恨她像我一样软弱。

我下了车，告诉她说："我不想吃冰激凌。我训练去了。"我穿过马路，妹妹从车窗里伸出脑袋："要不要我们给你带一个冰激凌筒啊？"我心里想，吕贝塔，你真蠢，冰激凌是要化掉的。

我没有为妈妈挺身而出的事情

她发现了我的香烟。我把香烟藏在了放袜子的抽屉里。那一年,我十四岁。

“这是我的房间!”我嚷道。

“查理!我们需要谈一谈!我告诉过你,不要抽烟!这是你最不应该做的事情了!你怎么了?”

“你是个虚伪的人!”

她愣住了。她挺直了脖子。“请你不要用那个词。”

“你自己不抽烟吗?你就是个虚伪的人!”

“不许用那个词!”

“为什么不,妈妈?你不是一直希望我说话更文雅一点吗?现在,我就讲给你听:我妈妈抽烟,我不能抽,我妈妈是个虚伪的人!”

我一边叫嚷着,一边在房间里走来走去,好像走动能给我力量,给我信心,好像在走动中,她就不能打我了。这件事情发生的时候，她已经脱下了护士的白制服，在美发厅找到了一份工作。她穿得比以前时髦了——那天她穿着中裤和松石绿色的外套。这套衣服将她的身材勾勒得很棒。我恨这些衣服。

“我把香烟带走了，”她抓起香烟，冲我喊道，“而且，今天晚上你就别想出去了！”

“我无所谓！”我瞪着她。“为什么，你非得穿成这样？你让我恶心！”

“我，什么？”她跳了起来，给了我一巴掌。“我，什么？我让你”——啪！——“恶心？”——啪！——“让你恶心？”——啪！——“你是这么”——啪！——“说的？”——啪！啪！——“是吗？你就是这么看你妈妈的吗？”

“不！不！”我叫喊道，“住手！”

我抱着头逃了出去。我跑下楼梯，跑出车库，在外面一直躲到天黑，捱到不得不回家的时候。我回去的时候，她的卧室房门关着，我想我听到了她在里面哭泣。我走进我的房间。香烟还在那里。我点上一支。我，也哭了。

尴尬的孩子

罗丝低下头，让头发都垂进水池子里，妈妈轻轻用接在水龙头上的花洒，把她的头发弄湿。很显然，她和罗丝之间配合得非常熟练。罗丝的脖颈处垫着枕头，围着毛巾，这样她就可以舒服地弯下头，妈妈好腾出一只手来摩挲罗丝的湿头发。

“亲爱的，水温够热吧？”妈妈问。

“噢，是的，亲爱的。温度正好，”罗丝闭着眼睛答道，“查理，你知道吗？很多年前，我还年轻的时候，你妈妈就开始给我剪头发了。”

“你的心仍旧很年轻呢，罗丝。”妈妈说。

“那是我唯一还年轻的地方。”她说。

她们都笑了。

“如果我去美发厅，我只要宝儿给我剪头发。如果宝儿不在，那我就改天再去。他们会说，‘你不要其他人帮你剪吗？’我告诉他们，‘除了宝儿我可不要其他人碰我’。”

“你真好，罗丝，”妈妈说，“其他的理发师也不错啊。”

“噢，亲爱的，别插嘴。听我说。查理，你的妈妈，总是花时间陪我。后来，我走不动了，去不了美发厅了，她就到我家来，每个星期都来。”

她颤巍巍地用手拍了拍妈妈的手臂。

“谢谢你，亲爱的。”

“那是我应该做的，罗丝。”

“那时候你可真是个美人。”

我看着妈妈，她的脸上浮现出微笑。她不过是帮人在水池子边上洗头罢了，怎么还能够这样自得呢？

“那是你没有见过查理的小女儿，罗丝，”妈妈说，“要论漂亮，她才是呢。”

“是吗？她叫什么？”

“玛丽亚。查理，她真是个迷死人的小心肝，对吧？”

我该怎么回答？她们两个最后一次见面是八年前，妈妈过世的那一天。玛丽亚不过十多岁。我怎么开口说那以后发生的事情呢？告诉她女儿的生活里早已没有了我？告诉她玛丽亚已经出嫁了？告诉她我是那么不成器，以至于没资格参加她的婚礼？她过去是爱我的。她真的爱过我。过去，我下班回家，一进门她就会张开手臂向我跑来，嚷嚷着：“爸爸,抱我!”

后来发生了什么?

“我女儿因为我而抬不起头来。”最后,我喃喃说道。

“别犯傻了。”妈妈说。

她一边看着我,一边搓着手里的洗发香波。我低下了头。我是如此渴望给自己灌一杯酒下肚。我可以感觉到她的目光停留在我身上。我可以听到她的手指在罗丝的头发中摩挲的声音。不能做一个好父亲是让我在母亲面前最抬不起头来的事情。

“你知道吗,罗丝?”妈妈突然开口说,“查理从来没有让我给他剪过头发。你能相信吗?他坚持要去理发店剪。”

“为什么,亲爱的?”

“噢,你知道,他们长到一定的年纪,突然之间就会摆出‘走开,妈妈,走开’的架势来。”

“孩子们常常因为父母的缘故而感到尴尬。”她说。

“孩子们常常因为父母的缘故而感到尴尬。”妈妈重复了一遍。

是这样的。青少年时期的我,常常拒妈妈于三千里外。我拒绝在看电影的时候坐在她边上。她的吻让我感到浑身难受。妈妈的好身材让我感到不舒服;她是我生活中唯一一个离了婚的女人，我为此感到愤怒。我希望她能像别人的妈妈那样，穿着便服，剪剪报纸，烤烤布朗尼蛋糕。

“有时候，孩子的话最伤人，是不是，罗丝？你忍不住要问，‘这究竟是谁的孩子？’”

罗丝噗嗤一声笑了。

“但通常，他们是因为受了伤才这样做。他们想要找到一个解决的办法。”

她朝我看了一眼。“记住，查理。有时候，孩子只是想让父母和他们一样受伤。”

和他们一样受伤？我是不是这样做的？我是不是因为被爸爸抛弃，所以想让妈妈一样感受到被抛弃的滋味？我女儿这样对我，是不是也是这个原因呢？

“我不是故意那样做的，妈妈。”我小声道。

“做什么？”她问。

“感到尴尬。因为你，你的衣服，或者……你的情况。”

“我的情况？”

她用水把沾着香波的手冲洗干净，然后接着冲洗罗丝的头发。

“一个因为母亲而感到羞愧的孩子，只不过是个没有长大的孩子罢了。”她说。

※

隔壁的房间里，有一只布谷鸟钟，微弱的钟摆声和齿轮转动的声音，打破了屋子里的静寂。妈妈开始用梳子和剪刀给罗丝剪头发。

电话铃响了。

“查理，亲爱的，”罗丝说，“能帮我接一下电话吗？”

我走到隔壁房间，顺着铃声，找到了挂在厨房门外墙壁上的电话。

“喂。”我拿起话筒。

形势突变。

“查尔斯·贝奈特？”

话筒里传来一个男人的叫喊声。

“查尔斯·贝奈特！能听到我吗？查尔斯？”

我整个人呆住了。

“查尔斯？我知道你听着呢！查尔斯！我们发现了一起交通事故！说话啊！”

我双手颤抖，把电话挂上。

妈妈为我挺身而出的事情

那时候，爸爸离开我们已经有三年了。午夜时分，我朦朦胧胧听到妹妹咚咚跑下楼，她常常跑去妈妈的卧室睡觉。我翻了一个身，把头埋进枕头，又迷迷糊糊地睡着了。

“查理!”突然，我听到妈妈压低了嗓子，呼唤我。她已经在我房间里了。“查理，你的棒球棍在哪里?”

“什么?”我在床上，迷迷糊糊用手肘把身体半撑起来。

“嘘!”我听到妹妹说。

“球棍。”妈妈说。

“要球棍做什么?”

“嘘!”妹妹又说。

“她听到了有动静。”

“屋里有贼吗?”

“嘘!”妹妹再说。

我的心跳一下子加快了。小时候，一直听人说起飞贼(我们小孩子一直以为飞贼真的会飞)翻墙入室,把屋子里的人都给绑起来。我立马联想到这些事情,并且把情况想象得更加糟糕:这个入侵者的唯一目的,说不定就是要杀我们呢。

“查理? 球棍?”

我指了指衣柜。我的胸脯上下起伏得厉害。她找到了我用的那根黑色的路易斯维尔牌球棍,妹妹松开妈妈的手,跳到我床上。我的双手死死撑住床垫,不知道自己应该怎么办。

妈妈轻轻推开门。“待在这里别动。”她小声说。我很想告诉她,她拿球棍的姿势错了,但她已经出去了。

妹妹靠着我,浑身发抖。和她一起躲在床上,我觉得很羞耻,所以我踮起脚尖,走到房门边。妹妹跟在后面,紧紧拉住我睡衣的一角,差点把我的睡衣给扯坏了。

贴着走廊,我可以听到房子里每一个轻微的响动,每一声响动都让我觉得是拿着刀的贼在走来走去。我好像听到了一声闷响。我听到了脚步声。我觉得有个凶神恶煞的男人正爬上楼梯,来抓我和妹妹。然后,真真切切的,我听到了撞击的声音。再然后,我听到了……人说话的声音?是有人在说话吗?是,不,等等,那是我妈妈的声音,是不是呢?我想跑下楼梯,又想跑回房间,躲到床上。接着,我听到了另一个声音——是另一个人在说话吗?一个男人的声音?

我咽了口唾沫。

一会儿,我听到了关门声。重重的关门声。

然后是越走越近的脚步声。

妈妈的声音响了起来。“没事了,没事了。”她不再压着嗓子,快步走进房间,摸摸我的头,然后向妹妹走去。她放下球棍,棍子落在地上,发出“哐啷”一声。妹妹还在哭。“好了,好了,现在没事了。”妈妈说。

我一屁股靠到墙上。妈妈抱起妹妹。她长长吁了一口气。我从没有听过别人呼出这样长的气来。

“是谁?”我问。

“没有,没有人。”她说。但我知道,她在说谎。我知道是谁来过了。

“过来,查理。”她伸出一只手。我挣扎了一下,她拉了我一把。“吻妈妈一下。”但我拒绝了她。为了这件事,我一直很生她的气,一直到我长大成人,离开家的那一天。我知道那天晚上来的是谁。我生气,是因为她没有让我爸爸留下来。

“好了，罗丝，”我回到洗衣房，听到妈妈说，“再过半个小时，你就会变得很漂亮了。”

“亲爱的，是谁的电话？”罗丝问我。

我几乎无法摇头。我的手指在发抖。

“查理？”妈妈问我，“你没事吧？”

“没，没……”我艰难地回答道，“电话接起来没有人。”

“可能是推销员，”罗丝接口说，“他们常一听到男人接电话的声音，就把电话挂了。他们只喜欢和像我这样的老太太说话。”

我坐下。我突然感到精疲力竭，连抬头的力气都没有了。刚才发生了什么？电话上的那个声音是什么人？怎么会有人知道我在这里，还不来抓我？我越想，越觉得头昏脑涨。

“你累了吗，查理？”妈妈问。

“让我，让我……静一静。”

我闭上眼睛。

“睡吧。”我听到一个声音说，但我分不清是妈妈说的，还是罗丝说的。是的，我已经不清醒到了那种地步。

妈妈为我挺身而出的事情

那一年，我 15 岁，到了第一次刮胡子的年龄。我的下巴和上唇都长出了乱蓬蓬的胡髭。有天晚上，吕贝塔睡着后，妈妈把我叫到浴室。她买了一把吉列安全刮胡刀，两把可替换的不锈钢刀片和一罐伯玛牌剃须膏。

“你知道怎么用吗?”

“当然”。我说。其实我根本不知道该怎么用那玩意儿。

“那你来试试看。”她说。

我挤了点刮胡膏到手上，然后沾了一点到脸上。

“要先揉一揉。”她说。

我揉了揉，脸颊和下巴处起了泡沫。我拿起刮胡刀。

“小心点，”妈妈说，“顺着一个方向刮，不要上上下下地动。”

“知道。”我说，语气里带着点恼怒。在妈妈面前刮胡子让我很不自在。这事该由爸爸来教我。她知道这一点。我也知道这一点。但我们都没有开口点破。

我按照她的指示，顺着一个方向刮去，看着刮胡泡沫渐次退去，露出一道皮肤来。当刮胡刀转过下巴，往下走的时候，刀片卡了一下，我感到一阵刺痛。

“啊呀，查理，你没事吧?”

她向我伸出双臂，但马上又缩了回去，好像突然意识到她不该这样做。

“不用担心。”我说。我觉得我可以继续刮下去。

她在边上看着。我继续刮。剃须刀在我的下巴处和脖子间游走。刮完后，我看看妈妈。妈妈用一只手掌托住自己半边脸，看着我，微笑了。“我的天，你还真学会了。”她轻声说，语调里故意带上了英国腔。

这让我觉得挺快活。

“现在去洗脸吧。”她说。

我没有为妈妈挺身而出的事情

那是一个万圣节。那一年，我十六岁，已经过了挨家挨户去索要糖果[1]的年龄。但妹妹还是吵着要我在晚饭后带她出去——她认定天黑以后出去讨糖果能够讨来更好的——我勉强答应了，因为我的女朋友琼尼应允和我们一起去。读大二的琼尼是学校拉拉队的队长，而我那个时候可是学校棒球队的明星队员。

“让我们走远一点，这样我就可以要到以前没有见过的糖果。”妹妹说。

室外挺冷的。我们把双手插在口袋里，从一家走到另一家。吕贝塔把所有讨来的糖果都装在一个棕色的牛皮纸购物袋里。我穿着棒球夹克，琼尼穿着拉拉队的套头衫。

在一户人家门口，妹妹敲了门，门一开，她就兴奋地喊道：

① 索要糖果：西方万圣节的一个传统，孩子们天黑以后到邻居家索要糖果，如果不给，孩子们就可以玩恶作剧。

“不发糖就捣乱。”

“哦，亲爱的，你是谁啊?”开门的女人说。我猜她和妈妈差不多年纪，但她的头发是红色的，穿着家居服，眉毛画得很糟糕。

“我是个海盗，”吕贝塔说，“哇呀呀。”

那个女人笑了，往妹妹的口袋里扔了一小块巧克力，她那样子，好像是往银行里扔了一个分币。巧克力落在袋子里，发出“扑通”一声。

“我是她哥哥。”我在一旁说。

“我，我是……我和他们一起的。”琼尼说。

“你们的父母我认识吗?”

她又拿出一块巧克力，准备往纸袋里扔。

“我的妈妈是贝奈特太太。”吕贝塔回答。

那个女人愣了一愣，捏着巧克力的手缩了回去。

“你是说贝奈特女士?”她问。

我们都不知道该怎么回答这个问题。那个女人脸上的表情变了，两道画过的眉毛向下拧在了一起。

“你们好好听着，宝贝儿。回去告诉你妈妈，我丈夫不需要她天天在他店门口，穿得花枝招展的晃来晃去。告诉她休想打主意，听到了吗? 休想打主意。”

琼尼转头看我。我的脖子一下子红了。

“这块巧克力也给我吗?”吕贝塔问,她的眼睛还看着那块巧克力。

那个女人把巧克力举到了胸口前。

“走,吕贝塔。”我闷声说,拽着她就走。

“有什么样的妈妈,就有什么样的孩子,”那个女人说,“你还什么都想要。回去告诉你妈,休想打什么主意。休想,听到了吗?”

她说这话的时候,我们已经落荒而逃,跑到了她家院门口草地的中间。

罗丝道别

我和妈妈走出罗丝家的时候，太阳光更强了。罗丝一直送我们到门廊的尽头，她站在那里，拐杖靠在铝制的门框上。

“好了，再见了，亲爱的罗丝。”妈妈说。

“谢谢你，亲爱的，”她说，“希望很快再见到你。”

“当然会。”

妈妈在她的脸颊上亲了亲。我必须承认，妈妈的手艺真是不错。罗丝的头发现在又整齐又有型，她好像比我刚看到她的时候，年轻了好几岁。

“你看起来真不错。”我告诉她。

“谢谢你，查理。我有一个特别的地方要去呢。”

她调整了一下扶拐杖的姿势。

“什么地方？”

“我要去见我的丈夫。”

我没敢追问她的丈夫在哪里，怕答案是老人院，或者医院这种地方。所以，我敷衍道："哦，是吗？那可不错。"

"是啊。"她轻柔地说。

妈妈从自己的衣服上拉下一个散落的线头，然后看看我，笑了。罗丝往后退了几步，这样，她就可以把门关上了。

妈妈扶着我的胳膊，小心走下台阶。我们走到街边，她向左指了指，我们便转弯向左。这时候，太阳已经直直地照在我们身上了。

"我们回去吃午饭，怎么样，查理？"她说。

我几乎笑出声来。

"怎么了？"

"没什么。好呀，吃午饭。"这听起来是很有道理。

"你现在感觉好一点了吧？——刚才你在罗丝家打了一个小盹呢。"

我耸耸肩，"可能吧。"

她慈爱地拍了拍我的手。

"她快要死了，你知道吗？"

"谁，罗丝？"

"嗯。"

她对着太阳眯起眼睛。

"我不懂，她看着挺好的。"

“她今天晚上就要死了。”

“今晚?”

“对。”

“但她不是说要去见她丈夫吗?”

“她是要去的。”

我停下了脚步。

“妈妈,”我问,“你怎么知道?”

她脸上露出了微笑。

“因为,我已经帮她准备好了。”

3. 中午

鸡仔上大学

我猜想，妈妈生命中最快乐的那一天，是我去上大学的那天。至少，在那一天开始的时候，事情是这样的。因为我的专长，大学给了我一笔棒球奖学金，相当于一半的学费。妈妈告诉亲朋好友的时候，只说我拿到了“奖学金”，她喜欢这个词，虽然大学招收我，更多的可能是为了让我给校队打棒球，而不是为了让我读书。

我还记得妈妈开车送我去大学的那一天。天还没有亮，她就起床了，等我下楼的时候，餐桌上已经有满满一桌子好吃的在等着我了，煎饼、培根、鸡蛋——就算家里有六个人，也吃不了那么多。吕贝塔想和我们一起去，但我的回答是绝对不行——我的意思是，有妈妈陪我去，已经够让人尴尬的了——所以她只好用洒满糖浆的法式吐司安慰自己。我们出发前，先把吕贝塔托付给一户邻居照顾，然后，开始了我们四个小时的车程。

因为这对妈妈来说是件大事，所以她穿得很隆重：紫色的套装，一条围巾，高跟鞋和太阳眼镜。她坚持要我穿衬衫，打领带。“你是去上大学，不是去钓鱼。”她说。我们两个穿成这样，在椒谷镇上就够扎眼的了，更不要说是在六十年代的大学校园里。那时候，越是“不得体”的打扮就越入流。所以，当我们终于开车到了大学校园、走出我们的雪佛兰车的时候，发现周围的女孩都穿着凉鞋和乡村风格的长裙，而男生们都套着汗衫，头发留得长长的，遮住了耳朵。我和妈妈站在那里，领带加紫色套装，我再一次感到，妈妈所招引来的目光，连带落在了我身上，让我感到无比难堪。

妈妈问了一个路人，学校的图书馆在哪里。我们走进图书馆大厅的时候，她激动地对我说：“查理，看看，都是书啊。你就是把大学四年的时间都花在这里，也看不完一个角落啊。”

她不停地指指点点——“看，那是书桌，你可以在这里看书”，“看，那是餐厅的桌子，你可以在那里吃饭”——我忍受着，盼着她快快离开。我们穿过草地的时候，我看到一个涂着白色唇膏、嚼着口香糖、留着前刘海的漂亮女孩。我的肌肉顿时绷紧了，说不准她会成为我大学里的第一个女朋友，谁知道呢？但就在那一刻，妈妈在边上问：“你没有忘记带上盥洗用品吧？”

这问题该怎么回答呢？有？没有？或者“上帝啊，妈妈！”

女孩从我们身边走过，好像听到了妈妈的问题，忍不住要掩口而笑；或许，那可能只是我的想象。其实，我和她的世界还完全不搭边。我看着她袅娜地走近横躺在一棵大树下的两个男子。她嘴对嘴吻了其中一个，然后在他们旁边躺了下来，而我还在妈妈边上，接受她关于盥洗用品的询问。

一个小时后，我把行李箱提到了宿舍的楼梯口。妈妈替我拿着两根棒球棍，它们是我的幸运棍，我靠着这两根球棒打出了不少本垒打，赢得了椒谷县的比赛。

“给我吧，”我伸出手说，“我来拿吧。”

“我和你一起上去。”

“算了，不用了吧。”

“但我想看看你的宿舍。”

“妈妈。”

“怎么了？”

“算了吧。”

“为什么？”

“你明白的，算了吧。”

我实在想不出应该怎么说，才能不伤害她的感情，所以我只是把手伸得更长一些。妈妈的脸沉了下来。那个时候，我已经比妈妈足足高了六英寸。她把球棍递给我。我把棍子放在箱子上面。

“查理，那给妈妈一个吻吧。”妈妈说。她的声音一下子温和了许多，听起来和往常不同。

我把箱子放下，箱子着地时发出轻轻的“咚”一声。我朝她靠了过去。就在这时，两个年长的学生正好从楼梯上下来，他们边走边大声说笑着。我条件反射似的往后退去，和妈妈保持一定的距离。

“借过。”两个学生中的一个说，从我们身旁绕了出去。

等他们走开后，我再次向妈妈靠去，只想在妈妈的脸颊上轻轻啄一口，但她用双臂抱住了我的脖子，把我搂得很近很近。我可以闻到她的香水、发蜡、润肤露、以及其他各种为了这个特殊的日子而使用的化妆品的味道。

我从她的怀里挣扎出来，提起箱子，转过身，走上楼去，留下妈妈独自一人站在楼梯口。就在那个楼梯口，妈妈站在了这辈子离大学殿堂最近的地方。

那天中午

“凯瑟琳怎么样？”

我们又回到妈妈的厨房，按她的建议，一起吃午饭。自从我一个人过日子以来，我基本上都是在酒吧或者快餐店解决就餐问题的。但妈妈一直不喜欢到外面去吃饭。“我们干嘛要付钱去吃那些难吃的东西呢？”她总这么说。我知道，自打爸爸离开我们以后，是否外出吃饭成了一个需要仔细斟酌的问题。我们总是在家吃饭的原因是我们负担不起到外面就餐的开销。

“亲爱的，查理？”她又重复了一遍她的问题，“凯瑟琳怎么样了？”

“她还不错。”我在说谎。我根本不知道凯瑟琳现在怎么样了。

“你说玛丽亚因为有你这样一个爸爸而感到羞愧，是怎么回事？凯瑟琳是怎么说的？”

她端来一个盘子，上面有一个粗粮面包做的三明治，里面夹着烤牛肉、番茄和芥末酱。她用刀把三明治对角切开。我已经记不得上一次看到对角切开的三明治是什么时候了。

“妈妈，”我说，“老实告诉你吧……我和凯瑟琳已经分开了。”

她停下了切三明治的刀，像在思考什么问题。

“你听到我的话了吗？”

“嗯，”她回答，轻轻的，没有抬头看我。“是的，查理。我听到了。”

“不是她的原因。是我不好。我已经很久没有好好过日子了，你知道吗？这就是为什么……”

我还要说些什么呢？这就是为什么我想自杀的原因？她把盘子推到我面前。

“妈妈……”我的声音有点哽咽。我又放下三明治。“我们已经埋葬了你。你已经去世很久了。”

我的眼睛盯着那块对角切开的三明治，嘴里小声说：“现在情况都变了。”

她伸过手，摸摸我的脸颊，勉强露出一个笑容。她看起来好像很痛。

“事情总是可以解决的。”她说。

一九六七年九月八日

查理：

喜不喜欢我的打字啊！ 上班的时候，我一直在练习用海丽爱特牌打字机打字。 感觉很先进喔！

我知道，等我走了你才会读到这封信。 我要告诉你一件事情，我想我从没有亲口告诉过你，也可能因为你上大学这件事情太让人兴奋，而忘了说：我为你感到非常骄傲，查理。 你可是我们家族里第一个上大学的人！

查理，记住，在大学里要好好待人。 对老师要客气。 见到他们要称呼先生，或者女士，尽管我听说，现在大学生们对老师都直呼大名。 我觉得这是不对的。 要好好对待和你交往的女孩子。 我知道，你在谈恋爱这件事情上并不需要妈妈的指导，但就算女孩子觉得你长得很帅，你也没有资格对她们不好。与人为善。

还有，睡眠要充足。我听到美发厅来做头发的乔希说她儿子常常在上课的时候睡着了。查理，你不要这样，这对你的老师来讲是一种侮辱。不要在课堂上睡觉。你能够在大学里接受教育，学习知识，而不是在随便什么地方打工，这是多么幸运的一件事情啊。

爱你每一天。

从现在开始，我每一天都会想念你的。

爱你的妈妈

鬼魂再现

我曾经做梦，我找到了爸爸。在我的梦里，爸爸只是搬到了椒谷镇隔壁的镇子上。有一天，我会骑着自行车到他住的地方，敲开房门，他会告诉我，一切都只是一场误会。然后我们两个人一起骑自行车回家，我在前面，爸爸在后面踩着车追我。我们到家的时候，妈妈会从屋里跑出来，脸上挂满了欣喜的泪珠。

能够想象出这样的画面，真是件很奇妙的事情。实际的情况是，我压根不知道爸爸住在什么地方，我也从来没有找到他的新家。放学回家的路上，我还是会经过他经营的烟酒店，但他总是不在。他的朋友，马蒂，替他照管商店，马蒂告诉我，他搬到了克林斯伍德的新店里。那里离开我们住的地方有一小时的车程，对于那时候的我来说，那距离就像月球那么遥远。一段时间以后，我就不再去他店里，看他有没有来过。我也不再幻想我们一起踩着脚踏车回家。我读完了小学、初中、高中，在此期间，老爸音讯全无。

他成了一个鬼魂。

但我，还是能够看见他。

每天，我挥动棒球棍或者掷球的时候，都能看见他，这就是为什么我非但一直没有放弃棒球，而且一场不拉地参加每个春夏季比赛的缘故。我可以看见爸爸站在本垒处，纠正我打垒的姿势。我可以看见他挥舞着拳头，朝着向本垒奔跑的我，高声喊叫着："跑啊，跑啊，跑啊！"

作为一个男孩，总能在棒球场上看到爸爸。所以在我的脑海里，他的出现，只是一个时间问题。

所以，一年又一年，我穿上了一件又一件新队服——红袜子，灰短裤，蓝上装，黄帽子——每一次穿上新队服，都像是为爸爸的到来而做的准备。我的青少年时期，就这样在妈妈喜欢的书香味和爸爸喜欢的棒球手套的皮革味中度过了。我的身体发育成了爸爸的样子，我有了爸爸般宽阔的肩膀，而且比他还高了两英寸。

在成长的过程中，我始终没有放弃棒球。棒球，就像是我在颠簸的汪洋大海中紧紧抓住的一个竹筏，无论风向如何变幻。

最后，它把我带到了爸爸那里。

我知道,那只是一个时间问题。

※

失踪八年后,他重新出现了,在1968年的春天,从我参加的第一场大学生比赛上冒了出来。他坐在本垒左侧边的第一排观众椅上,那是观察我的表现的最佳位置。

我永远也不会忘记那一天。那天下午风很大,天空是青灰色的,像是要下雨的样子。我走到本垒处。通常,我是不会抬头去看观众席的,但那天不知道是出于什么原因,我抬头看了一眼。他就坐在那里。他两侧的头发,已经开始变得有些灰白,肩膀好像也没有以前魁梧。他的腰身比以前粗壮,好像对自己的身材有些自暴自弃了。不过,除此以外,他看起来和以前还没有太大的两样。如果他有什么不自在,那他一定没有表现出来。就算他有些不自在,我也未必能够看出来。

他朝我点点头。一切,都在那一刻凝固。八年。整整八年。我觉得我的嘴唇在颤抖。我记得那一刻,有个声音在我的脑袋里响起:"鸡仔,你小子不许哭,你这个混蛋,不许哭。"

我看着我的脚。我努力移动它们。我一直看着我的脚走回了球员休息区的座椅上。

在打一垒的时候，我击中的球重重地打在了左外野的墙壁上。

塞尔玛小姐

妈妈说她接下来要去的人家在镇上的平房区。那里住的大多是穷人，房子一家连着一家。我很肯定我们一定得开车才能到得了，但我还没有来得及问，门铃就响了。

“去看看是谁，查理，好吗?”妈妈一边说，一边把碟子放进水槽。

我有些犹豫。我不想去开门，也不想接电话。但妈妈又催促起来:“查理? 能帮我去开一下门吗?”我只得站起来，慢慢向门口走去。

我告诉自己，不会有事的。去开门吧。但就在手摸到门把手的那一刻，我感到背后有一个瞬间的爆炸，一道光，一个男人的声音，和我在罗丝家的电话上听到的是同一个声音。那个声音在喊叫。

“查尔斯·贝奈特！我是警察！”

那声音感觉像暴风，离我那么近，好像几乎可以碰到。

"能听见我吗，查尔斯？我是警察！"

我踉跄退后几步，用手捂住脸。那道光不见了。风停了。我只听到自己粗粗的喘气声。我转头看了一眼妈妈。她还在水槽边上站着；我刚才所经历的一切，或许只是我头脑里的幻想。

我愣了几秒，长长吸了三口气，然后小心翼翼地转动了门把手。我低下头，以为站在门口的会是一个朝我喊叫的警察。不知道为什么，在我的想象中，来抓我的会是个年轻的警察。

但当我抬眼看时，看到的却是一个戴眼镜的黑人老太太。她的眼镜上拴着链子，头发乱糟糟的，手里还有一支没有吸完的香烟。

"是你吗？鸡仔仔，"她说，"哇，看看你，长得有多大了。"

※

那时候，我们都叫她塞尔玛小姐。她是帮我们打扫屋子的。她人瘦瘦的，肩膀窄窄的，脸上挂着大大的笑容，性格直爽。她的头发染成了棕红色。她总是在吸烟。她把"幸运"牌香烟放在她胸前的口袋里，像男人一样。虽然在阿拉巴马出生长大，她不知怎么就到了椒谷镇。那是五十年代末期，住在镇上这一边的人家都雇佣像她这样的人。人们或是叫她们“做家政”的，或是更直接一点，称呼她们为“女佣”。我爸爸总是在星期六早上，到哈德特咖啡馆边上的公共汽车站去接她。送她到家后，他会先把工钱给她。钱总是被折起来，垂着手从屁股的部位悄悄塞给她，好像两个人都不应该提及钞票这回事情。然后，爸爸就领着我们去打棒球，而她就在家里干上一整天家务活。等我们回来的时候，我的房间总是已经一尘不染，尽管我并不喜欢那样。

我妈妈坚持要求我们叫她“塞尔玛小姐。”这一点我记得很清楚，还有，我们小孩子是不允许进入她刚刚吸完尘的房间的。我还记得，她曾经陪我在后院玩过掷球的游戏，她的掷球和我一样有力。

她还在不经意间创造了我的绰号。爸爸曾经试图叫我查可(但妈妈不喜欢这个称呼，因为她觉得这个名字听起来太女性化)。因为我从后院奔回屋子的时候，嘴里总是叫喊着：“妈妈，妈妈”，或者“吕贝……贝塔”。有一天，塞尔玛小姐颇为恼怒地看着我说：“小家伙，看你嚷嚷的样子，真像个小公鸡，咯咯达，咯咯达，没个停。”妹妹那时候还没有上学，她学着塞尔玛小姐的样子，朝我喊起了“咯咯达，咯咯达”。就这样，大家开始叫我“鸡仔”。我想，爸爸因为这个缘故，还有点迁怒于塞尔玛小姐呢。

“宝儿，”这会儿她对妈妈说，“我一直想着你呢。”她脸上的笑意更浓了。

“是吗，谢谢你啊。”妈妈说。

“真的，我一直在想你呢。”

她转向我。

“鸡仔，现在我再也不能陪你玩扔球啦，”她笑着说，“我太老喽。”

我们坐上了她的车，我想她会载我们到她家。我觉得妈妈去为塞尔玛小姐做头发和美容有些奇怪。但是，我又想到我对妈妈最后十年的生活完全不了解，所以也没有什么好惊讶的。那十年里，我完全被自己生活的起起落落给吞没了。

我们开着车，这是我那天里第一次看到车窗外有人。我看到一个满脸皱纹、留着灰白胡子的老头，拖着一个耧耙往车库里走。妈妈朝着他招招手，他也招手向我们示意。我还看到一个老妇人，头发的颜色像是法式香草冰激凌。她穿着日常的衣服，坐在自家的门廊下。妈妈向她招手。她也向我们招手。

开了一会儿，街道变得越来越窄，越来越崎岖不平。我们转到了一条石子小路上，在一户两家连在一起的平房前停下来，房子有个斜顶的门廊，两边有通往地窖的门，门上的油漆斑驳，急需修补的样子。车道上停着好几辆车。有一辆自行车倒在门前的草坪上。塞尔玛小姐把车停好，转动钥匙熄了火。

就这样，我们一下就进到了屋子。卧室四周的墙镶着木板，地上铺着橄榄绿的地毯。床是老式的带着四根柱子的那种。突然间，塞尔玛小姐已经躺坐在床上了，身后垫着两个枕头。

“发生了什么？”我问妈妈。

她摇了摇头，好像是在说：“现在就不要问了。”她开始把化妆包里的东西一样一样的拿出来。我听到隔壁屋子有小孩子的叫喊声，还有电视机里发出的沉闷的声音和盘子在餐桌上移来移去的声音。

“他们都以为我在睡觉呢。”塞尔玛小姐轻声说。

她看着妈妈的眼睛。

“宝儿，非常感谢你能为我这样做。”

“那当然。”妈妈回答。

我没有为妈妈挺身而出的事情

我没有告诉妈妈，我看到了爸爸。第二次比赛的时候，他又出现了，我向着垒位走去的时候，他再次向我点点头。这次，我也朝他点了点头，不过动作很小，让人难以察觉，但我确实朝他的方向点了点头。在那场比赛里，我打出了一个本垒打和两个双杀。

就这样，过了好几个星期。他坐着，看我比赛。我发挥神勇，球棒总是扎扎实实地落在击球点上。有一场比赛，我打出了两个本垒打。他走到了校队的车子边，等我过去。他穿着一件蓝色的风衣，里面是件白色套头衫。我注意到，他两侧的胡子已经有些灰白了。看到我走近，他抬起下巴，好像还不习惯我已经比他高了两英寸。他对我说的第一句话是这样的：

“问问你教练，能不能让我开车送你回学校?”

那一刻，我可以有很多种回应。我可以朝他吐口唾沫，告诉他见鬼去。我也可以不理睬他，就像他这么多年来不理睬我们一样。

我还可以谈谈妈妈的情况。

但是,我只是按着他的话去做了。我告诉教练,我爸爸来接我回去。他尊重教练的权威,我尊重爸爸的权威。或许,这个世界就是这样运转的,我们都表现得像个男人。

“我不知道，宝儿，”塞尔玛小姐说，“除非有奇迹发生。”

她看着手中的镜子。妈妈从包里拿出了几个小盒子和小罐子。

“会有的，这是我的奇迹包。”妈妈说。

“噢？你包里有治疗癌症的仙丹吗？”

妈妈举起了一个瓶子。“我有润肤霜。”

塞尔玛小姐笑了。

“你不觉得，这有些傻吗，宝儿？”

“你说什么呢，亲爱的？”

“想把自己收拾得好看一点——在这种时候？”

“如果你指的是这个，我觉得非常正常啊。”

“哎，你知道，我的孩子们都在外面。还有他们的小孩子。我希望我能看起来健康一些，你懂吗？我不想让他们因为我的模样，而感到不安，看到我像一块破抹布一样。”

妈妈擦了一点润肤霜在塞尔玛小姐的脸上，并用手掌划着小圈把润肤霜抹开。

"你永远也不会看起来像一块破抹布的。"她说。

"噢,宝儿,我爱听你这话。"

她们两个又笑了起来。

"有时候,我还真怀念那些个星期六,"塞尔玛小姐说,"我们在一起很快乐,是不是?"

"我们确实很快乐。"妈妈回答。

"我们确实很快乐。"塞尔玛重复道。

她闭上眼睛,任妈妈在她的脸上摩挲。

"鸡仔啊,你妈妈是我最好的搭档。"

我有点不太确定她指的是什么。

"你也在美发厅工作过吗?"我问。

妈妈微微一笑。

"没有啊,"塞尔玛回答,"我根本就没有帮别人打扮的本事。"

妈妈盖上了润肤霜的瓶子,拿起另一个罐罐。她拧开罐子,用一块海绵从里面沾了一点粉底膏出来。

"是吗? 那我就不明白了。"我说。

妈妈举起那块海绵,像艺术家对着画布举起了画笔。

"我们一起帮人打扫屋子,查理。"妈妈插嘴说。

看到我脸上惊讶的表情,她挥了挥手,好像这件事情不值一提。

“否则,我怎么能够负担得起你们两个孩子上大学的费用呢?”

上到大学两年级的时候，我长胖了 10 磅，我的投球也反映了我体重的变化。我的平均投球时速，在全国大学生运动员中可以排到前五十位。在爸爸的要求下，我参加了几场为专业球探举办的选秀赛。那些颇有些年纪的球探们拿着笔记本，叼着雪茄烟，坐在观众席上看比赛。有一天，他们中有一个，在赛后找到了我们。

“这是你儿子？”他问爸爸。

爸爸狐疑地点点头。那个人头发稀稀的，长着一个硕大的鼻子。他穿着一件薄外套，可以清晰地看见里面贴身的汗背心。

“我是圣路易斯主教队的。”

“是吗？”爸爸说。

我激动得几乎要跳起来。

“我们可能会有一个接手的位置空缺。”

“是吗？”爸爸又说。

“我们注意到了你儿子，如果他感兴趣的话。”

那人吸了吸鼻子，发出湿乎乎的噪声。他拿出一块手帕，擤了擤鼻子。

“问题是，匹兹堡那边对他也有兴趣，”爸爸说，“他们和我们谈了有一阵子了。”

那个男人盯着爸爸的下巴看。爸爸的下巴一动一动的，正在嚼一块口香糖。

“是吗？”那个男人也说。

※

当然，这些对我来说，都还是新闻。等那个男人走开后，我问了爸爸一连串问题。那是什么时候发生的事情？那个男人真的是球探吗？匹兹堡那边真的对我有兴趣吗？

“如果他们真的对你有意思呢？”他说，“这并不能改变你现在必须做的事情，鸡仔。你得继续好好练球，跟着你的教练，做好准备，等着机会来临。其他的事情，有我呢。”

我顺从地点点头，脑海里闪过许多念头。

“那上学怎么办？”

他抓了抓下巴。“什么上学怎么办？”

我的脑海里闪过妈妈的脸，陪我走进图书馆的妈妈。我努力让自己不去想。

“圣路易斯红……衣主教队。”爸爸拖长了声音，慢慢说出这几个字。他用脚跟狠狠踩了踩脚下的草，几乎把草都给碾碎了。一股骄傲的情感涌上了我的心头，让我激动得鸡皮疙瘩都出来了。他问我，是不是想喝上一杯啤酒，我回答“好”，于是，我们一起去喝了啤酒，就像男人和男人那样。

※

“爸爸来看过我比赛了。”

我用宿舍的投币电话给妈妈打电话。这时候，离爸爸第一次来看我比赛已经过去很久了，但我用了那么久的时间，才找到勇气告诉妈妈。

“噢。”妈妈愣了半晌才回答。

“他一个人来的。”我很快补充了一句。不知道是什么原因，我觉得那好像很重要。

“你有没有告诉你妹妹？”

“没有。”

又是长长的沉默。

“不要让任何事情影响你的学习，查理。”

“我不会的。”

“那是最重要的事情。”

"我知道。"

"良好的教育是一切,查理。教育能让你出人头地。"

我等着她继续往下说。我总是等着她给我讲那些糟糕的事情。像所有离异家庭的孩子,我总是等着,这样我情感的天平就能够倾斜,我就能够选择父母中的一方,拒绝另一方。但我妈妈从来没有向我们讲起爸爸离开的原因。我和吕贝塔好像在她面前放好了那个诱饵,但她完全不理会,她没有给我们仇恨,或者痛恨爸爸的理由。她所做的,就是把一切都给咽到了肚子里。她咽下了所有的语言,所有的对话。无论他们之间发生了什么,她都咽下去了。

"可以吗,我和爸爸见面?"

"爸爸和我。"妈妈先纠正了我的语法错误。

"爸爸和我,"我重复了一遍,有些恼怒。"这样行了吧?"

她吐了口气。

"你不是小孩子了,查理。"

那么,为什么,我还感觉自己像个小孩子呢?

※

现在回想起那一切,我发现我忽略了许多事情。我不知道她听到那个消息的时候是怎么想的。我不知道她是否很生气，还是很害怕。我和爸爸坐在酒吧喝啤酒的时候，一点也不知道妈妈靠着和一个曾经帮我们打扫屋子的女佣一起给别人打扫房子，以赚钱来付我的学费。

现在，我看着她们两个在卧室里，塞尔玛小姐靠着枕头在床上坐着，妈妈用海绵刷子给她打粉底，用眼线笔给她画眼线。

"你为什么不告诉我呢?"我问。

"告诉你什么?"妈妈问。

"就是，你知道，为了钱……"

"拖地板? 洗衣服?"妈妈笑了。"我不知道。可能是因为你现在看着我的那种眼神吧，让我无法开口。"

她叹了口气。"你总是很骄傲的，查理。"

"我没有。"我反驳。

她的眉毛往上挑了一下，转头继续给塞尔玛小姐化妆。她小声嘟囔了一句:"你要这么说也可以。"

"请你不要那样。"我有些恼怒了。

"怎么样?"

"你要这么说也可以。不要那样。"

"我什么也没有说啊，查理。"

"不，你说了!"

“不要大喊大叫。”

“我一点也不骄傲！只是我……”

我哽咽住了。我在干吗呢？我低下头。难道就那么一点时间，和我死去的母亲只相处了半天，我们就又开始吵架了？

“为了生存而工作没有什么好害羞的，鸡仔仔，”塞尔玛小姐插嘴道，“但是，我这辈子会做的工作就是给人打扫卫生。所以你妈妈问我，‘那么，我也来做怎么样？’我反问她，‘宝儿，你真的肯给别人打扫卫生吗？’她回答：‘塞尔玛，如果你可以放下身段帮别人打扫屋子，为啥子我就不成呢？’还记得吗，宝儿？”

妈妈吸了口气。

“我可没有说‘为啥子’。”

塞尔玛笑成了一团。“是的，是的，你是对的，你没有那样说。我很肯定。你没有说‘为啥子’。”

她们一起笑了起来。妈妈还在帮塞尔玛小姐涂眼影。

“不要动啦。”妈妈说，但她们依旧笑个不停。

※

“我觉得妈妈应该再嫁个人。”吕贝塔说。

有一次，我从大学往家里打电话的时候，她这么说。

“你为什么这么想?”

“她还很漂亮。但没有人能够永远漂亮。她也没有以前那样瘦了。”

“她不想嫁人。”

“你怎么知道?”

“她不需要再嫁人,吕贝塔,知道吗?”

“如果她现在不嫁人的话,她就永远也嫁不出去了。”

“别说了。”

“她现在都穿上束腹裤了,查理,我看到的。”

“我不管,吕贝塔! 上帝啊!”

“你以为你上了大学就了不起了吗?”

“胡扯。”

“你没有听过那首歌吗,‘好吃,好吃,真好吃?’真是傻极了。你们大学里怎么还会不停地放呢?”

“结婚的事情是妈妈和你提的吗?”

“可能是。”

“吕贝塔,不要开玩笑。她到底说了什么?”

“没有,好了吧? 但鬼知道,爸爸死到什么地方去了。而且,妈妈不应该总是一个人。”

“不要说脏话。”

“我想怎么说就怎么说，查理。你管不着我。”

那一年，她十五。我二十。她一点也不知道爸爸的事情。她不知道我看到了爸爸，还在和爸爸交往。她希望妈妈开心。我希望妈妈维持原状。离开妈妈用手掌心碾碎玉米麦片的那个星期六的早晨，九年过去了。九年了，我们三个人是一个家。

在大学里，我选修了拉丁文，有一天我学到了拉丁文中“离婚”这个字。原来，我一直以为离婚的词根来自于“分割”，其实，这个词的词源是“改道”。

我觉得很有道理。所有的离婚都是“改道”，把你从熟悉的生活道路，改道到另一条陌生的路上，把你从你以为你需要的事情中带走，然后让你的生活陷入到各种意想不到的情况中去，比如说，讨论妈妈的束腹裤和她该不该再婚的问题。

鸡仔的选择

我想和你分享一下我大学生活中的两天，因为那分别是我大学生活中的最高潮和最低点。最高潮发生在我大学两年级，秋季开学以后。那时候，我还没有加入学校棒球队，所以还有时间在校园里结交朋友。中考过后一个周四的晚上，学校兄弟会的一个朋友搞了一个大派对。派对上，灯光很暗，人很挤，音乐很响。旋转的灯光把人人照得光怪陆离。我们大声笑着，嚷着，举着装满啤酒的塑料杯不停干杯。

不知什么时候，有个梳着小辫的长发男子跳到一把椅子上，开始和着音乐，装模作样地弹吉他、对口形——那是一首杰佛逊·艾普林的歌——很快，派对成了一个演歌会。我们纷纷开始在放唱片的纸箱翻寻，看有什么可以用来表演的歌。

我也不知道那些纸箱子里的唱片究竟是谁的，但我突然看到了一张很奇怪的唱片，我招呼朋友们说："嗨，看哪。这里居然有这张！"

就是那张妈妈在我们还是小孩子的时候经常放的鲍比·达林的唱片。唱片封套上他穿着白色的燕尾服，头发又短又整洁，让人都觉得替他有些尴尬。

“我知道这首歌，”我说，“歌词我都能背下来！”

“上台去唱啊。”一个朋友说。

“放这首，放这首，笨蛋啊。”另一个人说。

我和朋友们围住了唱机，把指针放到“有重要的事情就要发生了”这首歌上。当音乐响起的时候，每个人都傻掉了，因为这显然不是摇滚乐。突然之间，所有的目光都落在了我和两个同伴身上。他们互相看了对方一眼，很尴尬，然后他们晃动着屁股，手指向我。我倒是感觉很放松。我想，管它呢！所以当鼓声和小号奏出的音乐通过扩音器、充满了整个房间的时候，那些烂熟于心的歌词便很自然地从我的嘴里唱了出来。

独自一人，走在街头；独自一人，参加派对
无论何地，你独自一人，突然意识到，
你在看着他的眼睛，突然意识到
是不是什么重要的事要发生了？

我打着响指，就像是斯蒂芬·艾伦的演出里出场的情歌艺人那样。突然间，所有的人都笑了起来，闹了起来。“耶，干得好，小子！”我越来越放松，做出了各种令我自己都匪夷所思的动作来。我想，大概没有人想到，我能够唱这样一首甜得起腻的老歌。

不管是什么原因，等这出戏结束的时候，所有的人都站了起来使劲鼓掌，朋友们推搡着我，我们打闹成了一团。

我就是在那一晚认识凯瑟琳的。所以那一天就成了最高潮。她和几个朋友看了我的“表演”。我看到她的第一眼，心里就打了一个颤——尽管那一刻我还挥着我的手臂，嘴里还假装在唱着歌，可心里不由地一颤——她穿着一件无袖的粉红色棉布小上装和紧身牛仔裤，涂着草莓色的唇彩。和着我“唱”出的鲍比·达林的歌，她调皮地打着响指。直到今天，我也不知道，如果那一晚，我不是那样丑态百出地耍宝，她会不会看我一眼。

“你是从哪里学会这首歌的？”我从啤酒桶里给自己倒啤酒的时候，她走上来问我。

“噢，我妈妈。”我回答。

我感觉自己像个傻瓜。谁会和一个女孩子的对话是从“我妈妈”开始的呢？但她好像挺喜欢我的回答的，反正，我们的交往就是这么开始的。

第二天我拿到成绩报告单，还不错，两个 A，两个 B。我迫不及待给妈妈上班的美发厅拨了个电话，别人接的电话，然后叫她来听。我告诉她我的成绩，还告诉她唱歌和遇见凯瑟琳的事。我中午突然给她打电话，显然让她很开心。在电吹风呼呼作响的背景声中，她大声说："查理，我真为你骄傲！"

这就是快乐的巅峰。

一年以后，我从大学退学。

那是谷底。

※

在爸爸的建议下，我从大学退学去参加青年棒球联盟赛。我的决定是妈妈永远的遗憾。匹兹堡海盗队给了我一个机会，让我参加他们冬季的比赛，然后，如果可能，再给我一个正式的队员名额。爸爸觉得时候到了。"你和大学队的那些小子们比赛是不会有什么发展前途的。"他说。

我第一次向妈妈提起退学的事情的时候，妈妈尖声叫了起来："绝对不可以！"至于棒球队会支付我工资，球探认为我有巨大的潜力——将来可能可以成为甲级队的正式成员——这些根本不是妈妈考虑的事情。"绝对不可以"，这就是她的回答。

而我，绝对没有把她的意见当回事。

我去了学生注册处，告诉他们我要退学。我把自己的东西打了包，装在一个筒状行李袋里。那时候，很多和我同龄的年轻人，都被征兵去了越南战场。我抽到的征兵号非常靠后，所以一时半会儿还没有上战场的可能。我那一向狂热爱国的退役老爸居然因此而感到很庆幸。“还好你没有要去战场的麻烦。”他说。

我没有听从祖国的召唤，我听从了爸爸的召唤，我朝着爸爸希望我战斗的地方进发：我加入了波多黎各圣胡安那里的一支乙级队，正式告别了学生生涯。怎么说呢？我究竟是被这项运动吸引，还是为了实现爸爸的意愿？我想可能两者皆有吧。我做出这样的选择感觉天经地义，好像我又成了那个跟着面包屑走路的小男生——回到了家庭破裂之前，回到了我成为妈妈的好宝贝之前。

我还记得我从圣胡安的汽车旅馆给妈妈打了一个电话。我是从大学退学后直接飞过去的。那也是我第一次坐飞机。我不想回家，因为我知道妈妈会很不开心，说不定我们会大吵一架。

“你儿子打来的对方付费电话，要不要给你接通？”带着西班牙口音的接线员问妈妈。

当妈妈搞清楚我在什么地方以后，她明白事情已经无法挽回，她的愤怒，表现在了她冷淡的声音中。她问我带了些什么衣服。吃些什么。她好像是从一张提问单上把问题一一读出来。

“安全吗？你住的地方？”她问。

“安全？我想是的吧。”

“在那里你还认识谁？”

“没有人。但队里有不少人。我还有个室友。他是从印第安纳州，或者是爱荷华之类的地方来的。”

“嗯。”

沉默。

“妈妈，有机会我还可以回大学读书的。”

这次的沉默更长了。在挂上电话之前，她说：

“回到过去，比你想象的要难。”

我想，无论我再做什么，都不可能比这次退学更让妈妈伤心的了。

你非做不可的事

塞尔玛小姐闭上眼，头靠回到了枕头上。妈妈重新开始给她化妆。她用海绵一点一点擦着塞尔玛小姐的脸，看着她们俩，我心情复杂。一直以来，我确实把身份地位看得很重。鸡仔贝奈特，职业棒球运动员。不是鸡仔贝奈特，销售员。现在，我知道了曾经是护士、美发师的宝儿贝奈特成了清洁女佣。她允许自己做这么低等的工作，确实让我感到很生气。

“妈……，”我迟疑地说，“你为什么不问爸爸要钱呢？”

妈妈板起了脸。

“我不需要你爸爸的任何东西。”

“嗯，唔。”塞尔玛小姐在边上附和道。

“我们不是过得挺好吗，查理。”

“嗯，唔，确实是。”

“你为什么不回医院工作呢？”

“他们不要我。”

“你为什么不和他们论理呢?”

“如果我那样做,你会开心一点吗?”她叹了口气。“那时候不是现在,人们可以为了一点小事去打官司。这个地方只有这一家医院。我们又不能离开这个地方,这里是我们的家。你和你妹妹已经承受了太多变化。不能当护士也没有什么,我不也找到工作了吗。”

“打扫卫生?”我嘟囔道。

她停下手里的活。

“我并没有像你那样因为这份工作而感到羞耻。”她说。

“但是……”我搜寻着字眼。“你不是就不能做对你来说更重要的事情了吗?”

妈妈看着我,眼里有一点点不服气的意思。

“我做了对我来说非常重要的事情,”她说,“我是一个母亲。”

※

之后,我们沉默了许久。最后,塞尔玛小姐睁开眼睛。

“说说你现在在干吗,鸡仔仔?”她问,“你是不是还在那个大体育场里打棒球比赛?”

我摇摇头。

“噢，那是以前了，”她说，“棒球么，是年轻人的玩意儿。不过在我的眼里，你还是个小男孩，总是戴着棒球手套，练起球来顶真得很。”

“查理都有自己的家了。”妈妈说。

“是吗？”

“和一份不错的工作。”

“这就对了。”塞尔玛的头又往后靠了靠。“你混得还真不赖，鸡仔，真不赖。”

他们都错了。我过得很糟糕。

“我恨我的工作。”我说。

“噢……，”塞尔玛小姐摇摇头。“有时候是会这样。但是总比在家擦浴缸好，对不对？”

她做了个鬼脸。“你做的一切，都是为了有个完整的家。对吧，宝儿？”

我听到隔壁房间有孩子玩耍的声音。我暗自想，塞尔玛小姐不知道吸了多少年的灰尘，擦了多少年的浴缸，才把她的孩子给养大。而妈妈呢，她给多少人洗头染发才能养活我和妹妹两个人啊。而我呢？我在棒球上浪费了十年的时间——而我还觉得二十年才够。突然间，我为自己感到非常羞耻。

“你的工作到底怎么不好了?”塞尔玛小姐问我。

我脑海里出现了那个销售办公室,一色的铁质办公桌,昏暗的日光灯。

“我不想做个普通人。”我喃喃地说。

妈妈抬头看着我:“什么叫做普通,查理?”

“就是那种很快被人遗忘的人,你知道的。”

隔壁房间传来低低的谈话声,间或还穿插着孩子们的尖叫声。塞尔玛小姐侧头听了听,脸上露出了微笑。“我不被遗忘的原因就在隔壁。”

她又闭上眼睛,这样妈妈就可以继续给她化妆。她吸了口气,头陷到枕头里。

“我已经没有家了。”我脱口而出。

妈妈举起一个手指放到嘴边,示意我不要再往下说。

给结婚那一天的我的查理

我知道你觉得这些纸条很傻气。因为这么多年来，我一直看到你拿到纸条时皱起眉毛的样子。但你要明白，我只是想告诉你一些事情，希望能讲得有条有理。把它们写下来，能够让我说得更清楚。我真希望自己的文笔能更漂亮些。我希望自己上过大学。如果我有这样的机会，我觉得我会好好学习的，我的词汇量肯定会比现在大很多。很多时候，我觉得自己翻来覆去使用那些字眼，就好像每天穿的衣服都不变花样的女人，实在让人厌烦！

我想说的是，查理，你娶了一个非常好的女孩。我想起凯瑟琳，和我想吕贝塔的感觉是一样的。就像我的女儿。她人好，脾气也好。你应该用同样的态度对她，查理。

你会发现婚姻是这样的：你们两个必须一起努力。而且，有三样是你非爱不可的：

1）爱对方。

2）爱你们的孩子（当你们有的时候！明白我的暗示了吗？）。

3）爱你们的婚姻。

我说的最后一条的意思是，可能有时候你们会争吵，有时候你们会发现一点也不爱对方。如果这种情况发生，你一定要爱你们的婚姻。婚姻就像是你们中间的第三方。看看你在婚礼上的照片。看看任何让你铭记的信物。如果你还相信那些回忆的话，它们会把你们两个拉在一起。

今天，我真为你感到骄傲，查理。我把这张纸条放在你礼服的口袋里，因为我知道你总是丢三落四的。

每天都爱着你！

妈妈

来自鸡仔贝奈特的记事本，1974 年

达到顶峰

我还没有告诉过你，我的职业生涯里最好的和最不好的事儿。我曾经到达过职业棒球生涯的巅峰：棒球世界系列赛。那一年，我还只有二十三岁。海盗队的后备接手在和跑垒手冲撞的时候，意外摔断了脚踝骨，球队需要一个可以立即替换的人。我就是这样收到召唤的。我还记得我踏进铺着地毯的更衣室的那一天。我无法相信更衣室可以造得如此之大。我给凯瑟琳打了个电话——那时候，我们结婚已有半年——在电话里，我不停地唠叨："一切令人难以置信。"

几星期后，海盗队赢得了当年锦标赛的冠军。如果说获奖和我的加入有关，那纯粹是胡扯。我加入的时候，这支队伍就已经排名第一了。在一场决胜赛的加赛中，我确实打赢了四局，还有在第二次上场击球的时候，把球打到了右外野的深处，球被接住，我出局了，但我记得自己脑海里闪过这样的念头："现在还只是开始，我能行。"

但那不是个开始。至少对我而言。我们确实打进了世界杯，但在接下去的五场球赛中，我们都被巴尔蒂莫奥利奥队给打败了。我连击球的机会都没有。最后一场比赛的比分是五比零。最后一局结束的时候，我看着巴尔蒂莫队的球员们跑到场地中间，滚在一起，欢呼庆祝。看起来，他们欣喜若狂，但我觉得，他们更像是松了一口气，从巨大的压力下解放了出来。

我再也没有看到过人们流露出那样的表情，但有时候，我会梦见那样的表情。我在那堆人中，看到了自己。

※

如果海盗队赢了比赛，那么匹兹堡市的市民就会上街欢庆游行。但是，我们输了，所以我们去巴尔蒂莫的一个酒吧为我们的赛季做一个了断。那个时候，比赛输了，自然会大喝一通，在酒精中把失败的耻辱给洗去。我们洗得很彻底。作为队里最新的一个成员，我基本上是坐在那里听其他队员抱怨。我喝了我应该喝的酒。他们诅咒的时候，我也跟着一起诅咒。我们摇摇晃晃走出那个地方时，已近黎明。

几小时后，我们坐上飞机回家——那个时候，大家都还乘坐普通商用飞机——大多数人因为酒精的缘故在飞机上昏睡了一路。队里安排好了出租车在机场外排队等。我们握手道别，说着“明年再见”。一辆接着一辆车的门关上，“啪”，“啪”，“啪”。

接下来的三个月，也就是春季集训季，我摔坏了膝盖。在我滑向三垒的时候，我的双脚撞上了外场手，他的整个身体倒在了我身上，我听到自己的身体发出前所未有的“噼啪”一声；医生说我拉伤了前韧带、后韧带和内侧韧带，三度膝盖伤。

伤愈合还算及时，然后我又开始打球。但在接下来的六年中，我再也没有能够打进甲级联赛。无论我如何努力，无论我觉得自己如何出色，笼罩在我身上的奇迹般的光环消失得无影无踪。唯一能够证明我曾经打入过甲级联赛的证明，就是 1973 年报纸体育版上的赛事成绩表和我的球员卡，上面贴着我举着棒球杆的照片。我看上去很严肃，我的名字用粗体的大字印着，卡片上还散发着口香糖的味道。球队给了我两盒这样的卡片。我把其中一盒给了爸爸。另一盒自己藏着。

在棒球里，他们把昙花一现般的出场称之为“喝杯咖啡的时间”。那正是我的经历，只不过“这杯咖啡”是在城里最好的咖啡馆，最好的座位上喝的。

这样的经历，既是好事，又是坏事。

※

你明白吗，在加入海盗队的那六个星期里，我感觉自己没有白活。聚光灯下，我觉得自己将是不朽的。我怀念那个巨大的、铺着厚厚地毯的更衣室。我怀念和我的队友走出机场时，被球迷的目光所追随的感觉。我怀念那些巨大的体育场和里面的观众、聚光灯和喧闹的欢呼声——那种让人感到伟大的感觉。我痛苦地想要找回那种感觉。爸爸也是如此。我们两个都渴望我能重回那个舞台，虽然没有说出口，但这是无法否认的。

就这样，在我该退役的时候，我还坚持着，寄希望于每一份球约，转战于二线城市的乙级队。像很多体育运动员一样，我相信自己能够战胜年龄的挑战。我拖着凯瑟琳全国各地跑。我们在波特兰、捷克森威尔、阿尔巴奎其、菲亚特威尔和奥马赫都租过房子。在她怀孕期间，妇产科医生就换了三个。

最后，玛丽亚是在罗德岛的帕特维克出生的。当时，我在打一场比赛，观众也就八十来个人。她出生前两小时，大雨倾盆而下，观众们都散了。我等了许久，才拦到一辆出租车去医院。等我赶到的时候，我和刚刚降临到人世的女儿一样，浑身上下，都湿漉漉的。

之后不久，我退役了。

接着，我尝试的任何事情都没有成功。我试图自己做老板，结果只是亏钱。我到处寻找棒球教练的位置，但什么结果都没有。最后，有人给我提供了一份销售员的工作。推销装食品和药品的塑料瓶子。我接受了这份工作。工作既枯燥，又费时。更糟糕的是，我得到这份工作只是因为他们觉得我可以和客户聊棒球的事情，在男人和男人唾沫横飞谈体育的时候，拿到几份订单。

这很滑稽。有次我碰到一个喜欢爬山的客户。我问他哪样更难，上山还是下山？下山，毫无疑问，他这么回答。因为上山的时候，人的思想会很集中，一心想着要到达山顶，可以避免很多错误。

“而到达了顶峰之后，下山的路，是挑战人性的一个过程，”他说，“你必须像上山那样小心翼翼。”

我可以花上很多时间来讲退役后发生的许多事情。但这句话基本上为我的退役生涯做了一个很好的总结。

※

毫不奇怪，随着我运动员生涯的结束，爸爸也逐渐从我的生活中隐退。哦，当然，他还是来看过几次他的小孙女。但他并不像我想的那样，因为当上了祖父而欣喜不已。随着时间的流逝，我们之间可以交流的东西越来越少。那时，他已经把他的烟酒店给卖了，然后买了一家批发商百分之五十的股份。他基本上不用担心钱的事情，而且生意也不需要他怎么操心。滑稽的是，我需要一份工作，他却从来没有问过我是否想要加入他的公司。我猜，那是因为他花了那么多时间想让我成为一个不平凡的人，所以，他无法容忍我回到了平凡人的行列之中。

不过,这也无所谓了。棒球是我们共同的国度,没有了它,我们就像两条驶向不同方向的小船。他在匹兹堡郊外买了一套公寓。他加入了一个高尔夫俱乐部。他患上了轻度糖尿病,需要注意自己的饮食,按时给自己注射胰岛素。

就像他毫不费力地从灰色天空下的大学棒球场冒出来一样,我的老头子,就这样又消失了,消失在我生活之外的迷雾中。我们之间的联系,就是偶尔通个电话,还有就是每年的圣诞卡。

你可能会问,他有没有解释他和妈妈之间的事情。他没有。如果我问起,他只是简单地说:“我们感情破裂了。”如果我进一步追问,他就回答:“你不会懂的。”对于妈妈,他的不满之辞最多就是："她是个倔女人。"

这就好像他们两个达成了某种协议：绝不提分手的原因。我分别向他们两个问起这个问题，两个人都不说，不过，爸爸在回答的时候垂下了眼睛。

第二次访问结束

“宝儿，”塞尔玛小姐轻声说，“现在我该和我的孙子孙女们待一会儿了。”

她看起来比在妈妈屋前敲门的时候好看多了。她脸上的皮肤光滑了许多，眼睛和嘴唇画上了简单而漂亮的妆。妈妈把她染成橘红色的头发也梳理得整整齐齐的。这是我第一次意识到，塞尔玛挺吸引人的，年轻时一定是个大美人。

妈妈在塞尔玛的脸颊上吻了一下，然后合上包，招呼我跟着她一起走。我们到了走廊上，一个梳着辫子的小女孩“啪嗒啪嗒”朝着我们走来。

“奶奶?”她说，“你醒了吗?”

我往边上让了让，但女孩从我们身旁走过，压根没有看我们一眼。她的身后还跟着一个小男孩——可能是她的弟弟吧——他站在房门口，一个手指含在嘴里。我向他挥挥手。没有反应。很显然，他根本看不到我们的存在。

“妈妈，”我有些结巴起来，“能告诉我是怎么回事吗？”

那一刻，妈妈回头看着塞尔玛。她的孙女已经爬上了床，两个人玩着拍手的游戏。妈妈的眼里含着泪水。

“塞尔玛也快死了吗？”

“很快。”妈妈回答。

我站到她面前。

“妈妈。到底是怎么回事？”

“她召唤了我，查理。”

“塞尔玛小姐？她召唤了你？”

“不，亲爱的。我只是出现在她的脑海里，如此而已。我只是她的一个想法。她希望我还在她身边，能让她看起来精神一些，不是那么病怏怏的，所以我就出现了。”

“一个想法？”我看着地上说，“我不懂。”

妈妈靠近我，声音柔和下来。“你有没有梦到过一些死去的人，查理，但那并不是对过去的回忆，而是新的交流？这差不多就是我现在所处的世界。”

她把一只手搭在我的手上。“如果你的心里有某个人，他们永远不会真正离开你。他们可以再回来，甚至在你最意想不到的时候。”

小女孩爬上了床，玩弄着塞尔玛的头发。塞尔玛看着我们，朝我们微笑。

“你还记得高林斯基老太太吗？”妈妈说。

我记得。她是妈妈在医院工作时的一个病人。她得了绝症，没剩下多少时间了。但她常常告诉妈妈每天都有人来“看望”她。她过去认识的人来看她，他们在一起说笑聊天。妈妈在餐桌边上讲起过这些事情，讲她如何从门缝里张望，看到老太太的眼睛闭着，面带微笑，嘴里念念有词。爸爸说她“脑子不正常”。一个星期后，她就去世了。

“她没有疯。”妈妈说。

“那塞尔玛小姐她……”

“快了，”妈妈眯起眼睛。“离死亡越接近的人，就越容易对话。”

我感觉到一股凉意，穿透整个身子。

“那你的意思是我快要……”

我想要说的是：“死了”，或者，“走了”。

“你是我的儿子，”她轻声说，“我的儿子”。

我咽了下口水。“我还剩多少时间？”

“一些。”她说。

“不多了吗？”我问。

“多是什么意思？”

“我不知道，妈妈。我会永远和你在一起吗？还是，一分钟内你会突然消失？”

“就算一分钟，也能让你明白什么才是真正重要的事情。”她回答。

突然间，塞尔玛小姐家所有的玻璃，从窗户到镜子到电视机屏幕，都炸了开来。玻璃的碎片绕着我们急速打转，就好像我们站在了暴风中心。有一个声音，像雷鸣般在外面响了起来。

“查尔斯·贝奈特！我知道你能听见我！回答我！”

“我该怎么办？”我朝着妈妈喊。

她平静地眨眨眼，玻璃在她四周旋转。

“那要看你自己了，查理。”她说。

4. 夜晚

残阳渐褪

“如果奶奶在天堂待够了，我们希望她能够回来，谢谢。”这是我女儿在妈妈的葬礼留言簿上写下的话，话里多少带着少年人的倨傲和调侃。但现在，又看到了妈妈，听她解释“死”是怎么一回事，听她解释她是如何被那些回忆她的人召唤回来的——说真的，也许玛丽亚还是有些道理的。

塞尔玛小姐家的玻璃风暴已经过去；我不得不紧闭起眼睛让风暴过去。玻璃的碎片落在我皮肤上，我想要把它们掸去，但这么个简单的动作也费了我很大的劲。我越来越虚弱，越来越憔悴。和妈妈在一起这重生一日的阳光，正渐渐褪去。

“我快要死了吗？”我问。

“我不知道，查理。只有上帝，才知道答案。”

“这里是天堂吗？”

“这里是椒谷海滩镇。你不记得了吗？”

“如果我死了……死了……我能和你在一起吗？”

她微微一笑。“噢,原来现在,你倒是想和我在一起了。”

这话听起来或许有些冷酷。但我妈妈就是这样一个人,有点风趣,喜欢和人开玩笑,如果她还活着,和我在一起,她肯定就是这么说的。

她也完全有权利说这样的话。她在世的时候,我一而再,再而三地拖着不去看她,陪她。太忙了。太累了。不想面对妈妈。一起去教堂?算了吧。一起吃晚饭?对不起。回家看看?不行,或许下个星期吧。

如果把应该和妈妈在一起而没有在一起的时间累加起来,恐怕也有一辈子那么长了。

※

现在,她拉着我的手。在看望过塞尔玛小姐后,我们步行前进,周围的场景在不断变化,我们短暂地闯入了一系列人的生活。有些是我认得出的妈妈的老朋友。还有几个我不认识的老头,那些都是她的爱慕者:一个叫阿曼多的屠夫,一个叫赫华德的税务律师,还有一个长着扁平鼻子的修理匠,杰哈德。妈妈微笑着,坐在他们面前,各待了一小会儿。

“那么,他们是在想你喽?”我说。

“嗯。”她点点头，说。

“你可以去任何你想去的地方？”

“不，”她回答，“不是随便哪里。”

我们出现在一个向窗外凝视的老头面前。然后是一个躺在医院病床上的人。

“那么多。”我说。

“他们都是男人，查理，不错的男人。有些是寡居的。”

“你和他们一起出去过吗？”

“没有。”

“他们邀请过你吗？”

“很多次了。”

“那为什么现在去看望他们？”

“噢，女人的特权吧，我想，”她双手合十，摸了摸鼻子，隐藏起一个小小的笑容。“被人想着的感觉总还是好的，你说是吧？”

我看着妈妈的脸。毫无疑问，妈妈还很美，虽然她已经七十出头，快八十了。她满是皱纹的脸显得很高贵，老花眼镜片后的眼睛依然明亮，她的头发曾经像午夜那般黑，现在则如同午后多云的天空那样白。我们见到的这些男人都把妈妈当作一个女人去思念。但我，从来没有这样想过。我从没把妈妈看作宝琳，也就是她父母给她的名字，也没有把她看成是宝儿，那是朋友们叫她的名字；对我来说，她就是妈妈，我给她的称呼。我只看见她戴着厨房用的手套，把热气腾腾的晚餐端上桌，或者是开着车接我和朋友们去保龄球馆。

“你为什么不再婚呢？”我问。

“查理，”她眯起了眼睛，“算了，别问了。”

“不，我很认真。我们长大以后，我们离开家以后——难道你不感到孤独吗？”

她眼睛看向别处，回答道：“有时候。但很快，你和吕贝塔就有了孩子，我就变成了祖母。我在这里还有其他女伴——哦，你知道，查理。时间过得很快。”

我看她摊开双手，朝我微笑。我已经忘记了听妈妈讲她自己是一件多么愉快的事情。对我来说，妈妈不谈我，而是谈她自己，是一种多么好的解脱。

“人的一生过得很快，对不对，查理？”

“是啊。”我喃喃道。

“浪费时间是多么可耻啊。而我们呢，还总觉得自己有大把的时间。”

我想起了我把自己交给酒瓶子的那些日子，那些我不记得自己干了些什么的夜晚。那些我在昏睡中度过的早晨。那些拼命逃避自己的日子啊！

“你还记得吗？”她笑起来，“那次万圣节，我把你装扮成一个木乃伊，然后天上下起雨来？”

我看着地上回答她：“你毁了我一生。”

还那么小的时候，我就开始埋怨别人了，我心想道。

※

“你该吃晚饭了。”她说。

她就这么一说，我们就回到了厨房里，坐在了圆餐桌旁，这是最后一次。桌子上有炸鸡、黄米饭和烤茄子，热腾腾的，散发着熟悉的味道，这样的晚餐，妈妈为我和妹妹煮过有上百次了。但不像我最初回到房子里时所感受到的那种巨大的快感，现在，我觉得有些焦躁不安，好像知道有什么不好的事情就要发生了。她看了看我，有些担心的样子。我想分散她的注意力，所以我说：

“讲讲过去的事情吧。”

“查理，那些往事我都告诉过你啦。”她说。

我的脑袋痛得要炸开了。

“再讲一次。”

她叙述了起来。她提起了她的父母，他们都是移民，在我出生前就过世了。她告诉我她有两个叔叔和一个疯狂的姑姑。姑姑拒绝学英语，而且很迷信。她还说起了她的表哥，乔伊和埃迪，他们都住在西海岸。每一个人都有个小故事（“她怕狗怕得要命”，“他十五岁就想参加海军”），现在我把这些小细节和一个个名字对应了起来。过去，妈妈提起这些事情的时候，吕贝塔和我都翻着眼睛，没有耐心听她讲下去。但很多年后，在葬礼以后，玛丽亚问起我家族里的许多事情——谁和谁是什么关系等等——我常常答不上来。我记不得了。我们的很多历史已经随着妈妈一起被埋葬了。你，可绝对不要让你自己的历史就这样消失。

所以这一次，我仔细听妈妈把家族里每一个分支的故事都讲述了一遍。家里人的故事，凡是妈妈想得起来的，她都扳着指头讲完了。最后，她合拢双手，交叉起手指——就好像每根手指都代表了故事里的亲人，他们也都交织在了一起。

“反正，”她愉快地说，“那是……”

“我想你，妈妈。”

这话脱口而出。她露出了微笑，但没有立即回答。她似乎是在想句子，揣摩我的意图，好像捕鱼的人慢慢拉网。

然后，不管我们是在什么样的世界，看到的是哪里的地平线，反正太阳到落了地平线以下，她小声而快速地说："我们还有一个地方要去，查理。"

他希望能够重过的一天

现在我该聊聊妈妈活着的时候，我们最后一次见面的情形了。我还要告诉你，那次我们见面，我都干了些什么。

那是八年前的事了，我们去看她，参加她的七十九岁生日派对。她要大家都去，并开玩笑说过完了这个生日，明年她就“再也不告诉人家自己几岁了”。当然，她在六十九岁、五十九岁，说不定二十九岁生日的时候，都说过这样的话。

生日派对放在星期六中午，是在家里举行的。参加的有我，我老婆和女儿，我妹妹吕贝塔和她老公艾略特，还有他们的三个孩子(最小的一个是五岁的洛桑娜。和当年她妈妈一样，她到哪里都穿着芭蕾舞鞋式样的小皮鞋)。除此以外，还有二十多个老街坊邻居，其中包括妈妈在美发厅常年服务过的老客人。很多人的身体都不太好了，还有一个是坐着轮椅，被人推了来的。但是，她们的头发都梳理得整整齐齐，定型水喷得足足的。我都怀疑妈妈办这样一个生日派对，是不是为了让这些老太们有机会好好打扮一下。

“我想让奶奶给我化妆，好不好？”玛丽亚一蹦一跳走过来问我。她十五岁了，一举一动里带着少女的活泼与笨拙。

“为什么？”我问。

“就是因为我想要奶奶帮我化妆啊。她说，如果你同意的话，她就帮我弄。”

我看了看凯瑟琳。她耸耸肩表示无所谓。玛丽亚像个小兔子一样捶着我的胳膊。

“答应吧，答应吧，答应吧！”

我已经讲过，自从棒球生涯中退役以后，我的生活有多么阴暗。但我必须要说的是，玛丽亚是我生活中唯一的亮点。在那段时间，我最大的快乐就是和她在一起。我努力做个好父亲。我努力关注她成长的一点一滴。她吃薯条残留在嘴角边的番茄酱，我帮她擦去。她坐在小桌旁，握着铅笔做数学题的时候，我会陪在她身旁。还记得她十一岁的时候，我让她上楼回自己房间换衣服，结果她穿了件吊带背心下楼来。为了不让她太早熟，我赶紧逗她和我玩球，或者是送她去青年会上游泳课，我最好她慢慢长大，一直像个假小子那样。

后来我才知道，我从她的生活中消失以后，她上了大学，为大学的校报报道体育新闻。我终于看到了父母对孩子的影响，不管喜欢与否，女儿所从事的职业，正是把我和她妈妈分别钟爱的体育和写作给结合了起来。

※

派对在继续，觥筹交错，乐声飞扬。屋子里到处能听见人们的交谈声。妈妈大声朗读着她收到的生日贺卡上所写的祝福语，好像每一张卡片都是外国元首寄来的贺电一样。就算是那种廉价的、用水粉颜料在封面上画着小兔子的那种贺卡（贺卡上一律写着"希望我能够蹦蹦跳跳地来告诉你……祝福你的生日像我的胡萝卜一样棒！"）每读完一张卡片，她都会把卡片反转过来，给大家看里面写的字，然后向送卡的人送上一个飞吻。

在读完贺卡、蛋糕还没有切、礼物还没有拆开的时候，电话铃响了。在妈妈家里，电话铃可以响很久，因为妈妈不会放下手中的事情去接电话，她常常会给最后一个角落吸完尘，或者擦完最后一块玻璃窗，才拿起电话，好像在拿起话筒之前，电话这样东西是不存在的。

因为没有人去接电话，所以我去了。

如果我能够再活一遍的话，我会让那个电话一直响下去的。

※

“喂?”因为屋子里很吵闹,我对着话筒大声说。

妈妈用的还是很老式的皇后牌电话机。电话线足有20米长,因为她喜欢边听电话,边在房间里走来走去。

“喂?”我又说了一遍,把话筒紧紧贴住耳朵。

“喂,喂?”

我正准备把这个没人回答的电话挂上,但听到话筒那端有个男人清了清嗓子。

然后,我听到了爸爸的声音,“鸡仔?是你吗?”

※

我没有马上回答。我愣住了。尽管妈妈的电话号码从没变过,但我还是很难相信爸爸会拨这个号码。他离家的时候是那么突然,那么带有毁灭性,在这个屋子里重新听到他的声音,就好像看着他走进被他亲手焚毁的屋子。

“是,是我。”我小声回答。

“我到处找你。我给你家和办公室都打了电话。我想试试看……”

“今天是妈妈生日。”

“噢，对。”他说。

“你要和她说话吗?”

我说得极快。我可以感觉到爸爸在电话的那一头翻了翻白眼。

“鸡仔，我和皮特·贾那通过话了。”

“皮特·贾那?”

“海盗队的。”

“啊?”

我抱着电话走到一个没有人的角落。离我不远有两个老妇人坐在沙发上，端着纸盘子，吃着金枪鱼色拉。

“他们一直举办‘昔日球星赛’的，知道吧?”爸爸说，“皮特告诉我佛莱蒂·冈塞雷斯不能参加了。因为他的签证没有搞定。”

“我不懂，这和我有什么……”

“他们要找一个能够替补他的人，但没有剩下多少时间了。所以，我对皮特说，‘嗨，鸡仔就在城里啊。’”

“爸爸，我不在。”

“你可以啊。他又不知道你现在在什么地方。”

“昔日球星赛?”

“所以他问:‘哦,是吗? 鸡仔的状况如何?’我回答他说,‘很不错啊……”

“爸爸……”

“然后皮特说……”

“爸爸……”

我知道这样的对话会导致什么样的结果。接到他电话的那一刹那我就知道了。这个世界上,比我更难放弃我的棒球生涯的人,就是爸爸。

“皮特说他会把你放在队员名单上的。你要做的就是……”

“爸爸,我只参加了……”

“……快点过来吧……”

“……六周的甲级赛而已……”

“……明天早上10点左右……”

“我只打过……”

“然后你……”

“我怎么有资格参加昔日球星赛?”

“你有什么问题,鸡仔?”

我痛恨这个问题。它终止了一切讨论的可能性。你有什么问题吗? 你还能怎么回答这个问题,我只能说“我没有问题。”但是，这个回答显然不符合事实。

我叹了口气。“他们说把我放在队员名单上了？”

“我刚才说的就是这个……”

“他们要我参加比赛？……”

“……你聋了吗？我刚刚不是说了吗。”

“什么时候？”

“明天。俱乐部的人会过去……”

“明天，爸爸？”

“明天，怎么了？”

“现在，现在已经是下午三点了……”

“你要是去比赛，坐着候场的时候，肯定会撞见那些人。你和他们攀谈攀谈。”

“撞见什么人？”

“随便谁。安德森。莫利尼。我觉得麦克·屈内兹，那个光头，好像还是教练。你应该有意识地和他们接触接触。你要和他们谈谈，说不定就能有什么结果。”

“什么结果？”

“机会就会来了嘛。教练的职位。击球训练员。乙级队里的一个空缺。那么你就踏进了一只脚……”

“他们干吗要我这样的……”

“事情都是这样一步步……”

“我都有多少年没有摸棒球杆了……”

“……发生的。就是这样来的，鸡仔。你踏进一只脚……”

“但是我……”

“你知道一旦这些工作机会……”

“爸爸，我有一份工作了。”

沉默。任何人对我的伤害，都比不上爸爸的沉默。

“听着，”他呼出一口气说，“我不择手段才给你弄到一个机会，你想不想要？”

他的语气变了，好像准备好了要打架，拳头举了起来，怒火在胸中涌动。我知道自己活得很糟糕，而他也如此明显地表达了他的这种想法。这让我羞愧。在打架的时候，心生愧意的一方肯定会先败下阵来。

“你快点滚出来，听到了吗？”他说。

“今天是妈妈的生日。”

“明天就不是了。”

※

现在，回想起那段对话，我真希望当时的我，能够多问老爸几个问题。难道他对前妻正在举办的生日派对，完全没有一点好奇心吗？难道他不想知道她的心情吗？他不想知道有谁参加了派对吗？他不想知道我们的老房子看起来怎么样了吗？她是否还念着他？想到他会开心？难过？还是根本不想？

我真希望当时我问了他这些问题。但是，我只是说我会再和他联系的，就把电话挂了。我脑子里满是对爸爸"不择手段"给我谋来的那个机会的幻想。

我盘算这些事情的时候，妈妈已经切开了香草奶油蛋糕，把一片片蛋糕放到纸盘子上。她打开礼物的时候，我想的还是爸爸提的那事。凯瑟琳，玛丽亚——她的眼睛上已经画上了紫色的眼影——我和妈妈一起拍照片的时候，我还是在想。拍照的是妈妈的朋友伊迪，她举着相机说："笑一笑啊……呃，等等，这个机器我怎么就是用不来呢？"

我们站在那里，露出牙齿微笑的时候，我的脑海里还是我挥动球棒的样子。

我努力集中思想，让自己融入到妈妈的生日派对中去。但我的父亲，从很多方面来讲他非常像一个小偷，把我的注意力给偷走了。在大家吃蛋糕的时候，我悄悄溜到地下室，打了个电话预订好第二天的飞机票。

妈妈说话的时候，常常以"做个好孩子……"的句式开头，比如说“做个好孩子，帮妈妈把垃圾倒掉……”或者是“做个好孩子，帮妈妈去店里买……”我到妈妈家的那一天，还是妈妈的好孩子，但爸爸的一个电话，让那个好孩子转瞬间变成了另一个人。

※

我不得不和每一个人都说谎。这并不太难。我带着公司的寻呼机，跑到楼下没有人的角落自己呼叫了自己。然后跑上楼。寻呼机响的时候，凯瑟琳就在我身旁。我装作很恼怒的样子，骂骂咧咧地去看我的寻呼机，一边还嘟囔着“星期六也不让人安宁”。

我假装回了一个电话。假装很生气。我编了一个谎，说一个客户坚持要在星期天开会。真是太可恶了。

“他们不能等等吗?”妈妈问。

“我知道，这太不像话了。”我回答。

“我们明天还计划好了一起吃早午餐呢。”

“那你说我该怎么办?”

“你不能再和他们通个电话吗?”

“不行，妈妈，”我回嘴道，“我打回去不好。”

她低下头。我吐了口气。越为自己的谎言辩护，越让人生气。

一个小时候后，出租车来了。我抓起包。我抱了抱凯瑟琳和玛丽亚，她们两个从皱着的眉头间勉强挤出半个笑容。我对大家嚷嚷着“再见”。众人都对着我说：“再见啦，再见啦，一路顺风……”

最后，在众人的喧嚣声中，我听到了妈妈的声音：“我爱你，查……”

车门关上，把妈妈说出来的最后那个字也关在了车门外面。

而我，自此以后再也没有见到活生生的她。

我没有为妈妈挺身而出的时候

“但是对于经营饭店，你懂多少？”我老婆问。

“那是个体育酒吧。”我回答。

我们在家里，坐在餐桌旁商量。妈妈当时也在，正和小玛丽亚玩躲猫猫游戏。这是我从棒球生涯退役后的事情。一个朋友，以前的队友，邀我入股开一个餐厅兼酒吧。

“酒吧生意不是更难做吗？”凯瑟琳说，“有很多东西要学呢。”

“他都懂。”我说。

“妈，你觉得呢？”凯瑟琳问。

妈妈拉过玛丽亚的手，上下摇晃着。

“查理，那是不是意味着你要在晚上工作？”

“什么？”

“晚上。你必须在晚上上班？”

“妈，我是投资人，又不是酒吧服务生。”我说。

“那是很大一笔钱。”凯瑟琳说。

“如果不投钱，怎么赚钱？”我反驳。

“难道除了这个，你就不能做别的事吗？”凯瑟琳问。

我吐了口粗气。实际上，我对棒球之外的事情一窍不通。当运动员的时候，受到的告诫是不要去想太多别的事情。我不能想象自己坐在办公桌旁的样子。这是个酒吧。我了解酒吧。我已经开始慢慢把酒精作为我日常生活的必需品了，这也成了我想要开酒吧的一个私密的原因。这样，至少我自己喝酒可以方便一些。另外，这个酒吧不是还带着“体育”这两个字儿嘛！

“酒吧开在什么地方？”妈妈问。

“开车过去一个半小时。”

“你一星期要去几次？”

“我不知道。”

“但不是在晚上吧？”

“你为什么不停提晚上，晚上呢？”

她的手指在玛丽亚的脸上滑来滑去。“查理，你有个女儿了。”

我点点头。“妈，这个我知道。”

凯瑟琳站起来，开始收拾盘子。“我只是感到害怕，没有其他的。我实话实说。”她说。

我有些沮丧,人陷在椅子里,眼睛看着地上。当我再抬起眼睛的时候,发现妈妈正盯着我。她把一个手指放在下巴下面,然后慢慢把下巴顶起来,她在用她的方式告诉我,我也应该这样做。

“你知道我是怎么想的吗?”她突然宣布道:“我觉得人的一生,应该尝试各种事情。查理,你真的觉得自己应该开这个酒吧吗?”

我点点头。

“信心,努力工作,爱——如果你有了这些,什么事情都能做成。”

我挺了挺身。我老婆耸了耸肩。屋子里的气氛变了,一扫刚才的僵局。

几个月后,我参与投资的体育酒吧开张了。

两年后,酒吧关门大吉。

显然,光有那三个条件是不够的。在妈妈的世界里,那可能行得通,但在我的世界里,那是行不通的。

比　赛

在昔日球星赛的前一天晚上，我在赛场边的宾馆住下，这让我想起我的职业生涯和到处旅行的生活。我睡不着觉。各种各样的念头在我脑海里打转：球场里会有多少观众，我会不会连一个球的边都擦不着。好不容易熬到五点半，我起床，试着做了一些伸展运动。我发现房间电话的红灯在闪，说明有人给我留言。我给前台挂了个电话，铃声响了起码有二十来次，才有人接。

“我的留言信号灯在闪。”我说。

“唔……”接电话的人打了一个哈欠，“……这里有个留给你的包裹。”

我到楼下的大堂。服务生拿出一个旧的鞋盒子，上面贴着我的名字。他打着哈欠。我打开鞋盒。

我的钉鞋。

显然，爸爸这么多年来一直保存着这双鞋。他肯定是半夜到宾馆来过，甚至连个电话也没有打到我房间里，只是把盒子留下。我翻了翻，想看看里面是否有他的留言。但盒子里什么也没有，除了那双鞋，那双满是褶皱沧桑的鞋。

※

我到球场的时间还早。按照以前养成的习惯，我在球员入口处附近下了出租车，但球场的保安告诉我应该从员工出入口进去。员工入口处有卖啤酒和热狗的小贩。入口的走廊犹如洞穴般深邃，还散发着火腿肠的味道。重新回到球场的感觉很奇怪。这么多年以来，我一直默默渴望能够重回赛场。现在，我回来了，但参加的只是一场助兴的非正式比赛。昔日球星赛只是正式比赛前的暖场，一种增加门票销售量的噱头——像出售球队的帽子啊，球啊，或者是放焰火之类。

我找到了给老球员换衣服的附属更衣室。更衣室的管理员在一张单子上找到我的名字，勾了一下，然后发给我一套当天穿的队服。

“我用哪个……？”

“随便哪个都成。”他指了指一排刷着蓝漆的金属更衣箱。

房间的角落里，有两个花白头发的人在讲话。他们只是冲着我抬抬下巴，嘴里的话还是没停下来。我感到很尴尬，好像是在参加别人的高中同学聚会。毕竟，我只参加过六个星期的甲级联赛。六个星期的时间，不太可能交上一辈子的朋友。

※

球衣的后背上绣着“贝奈特”的字样。但如果仔细看，可以看出球衣原来是属于另一个人的，因为从针脚的印迹中还可以看出来原来那个人的名字。我把衣服套在头上，然后两只胳膊从袖管里钻出来。

我把衣服拉下，转过身，看到曾经大名鼎鼎的威利“炸弹”杰克逊就站在离我几尺远的地方。

人人都认识杰克逊。他是个了不起的击球手，他击球的力量，和在球场上桀骜不驯的态度，是出了名的。有一场比赛，他的球棒对着右外野的栏杆，大喝一声，打出了一个绝好的本垒打。一个棒球运动员一生中只要有一次这样的表现，就可以随着电视画面的反复重播而“永垂不朽”了。而他也确实如此。

现在，他就坐在我边上。我从没有和杰克逊同场竞技过。他胖了很多，穿着蓝色的绒制球衣，看起来几乎有点虚胖。但他仍旧散发着一股子高傲的气息。他朝我点点头，我也朝他点了点头。

“还好吗?”他说。

“鸡仔贝奈特。”我伸出手说。他抓住我的手,握一握。他没有介绍自己,因为我们都清楚他是不需要自我介绍的。

“噢,贝奈特,现在在干吗哪?”

他说错了我的名字,但我没有纠正他。我告诉他我是干“市场营销”的。

“你呢?”我问他,“还在广播电视?”

“嗯。一点点。现在主要的精力放在投资银行这一块。”

我点点头。“酷。好行业啊。投资。”

“共同基金,”他说,“有些避税投资,单位信托基金,类似这样的产品。主要还是共同基金。”

我又点点头。那一刻,我已经开始后悔自己又重新穿上了球衣。

“你进过股市吗?”

我翻弄着手掌。“你知道,这里投一点,那里投一点。”我在撒谎。我根本没有钱投在股市里。

他转了转下巴,带着探究的目光看了我一眼。

“听着,我能够介绍人给你认识。”

有那么一刻,我觉得还真像那么回事。大名鼎鼎的杰克逊要介绍人让我认识,我已经在盘算着如何去投资那些并没有揣在我口袋里的钱了。就在他把手伸进口袋、可能是要摸他的名片的时候,后面有人喊了一嗓子:**“杰克逊你这个死胖子!”**我们两个转过头,站在那里的是“钉子”亚历山大。两个人各自上前几步,紧紧拥抱在一起,我差点被他们俩挤倒。我不得不退后几步。

几分钟后,在众人的簇拥下,他们两个走到了更衣室的另一边。那就是我和共同基金发生关联的仅有的几分钟。

※

昔日球星赛安排在正式比赛开始前一个小时举行,这就意味着我们比赛的时候,大多数座位都还是空的。风琴响过。扩音器里传来了欢迎词,观众席上的观众稀稀拉拉的。按照姓氏的字母顺序,我们被一一介绍出场。最先亮相的是在四十年代末活跃在球场上的外场手鲁斯特·阿伦贝克,然后是六十年代的明星,内场手本尼(外号“波波”)巴博沙。他的笑容颇具感染力。叫到他名字的时候,他露出招牌式的笑容,跑出场向观众挥手致意。等轮到我出场的时候,不少观众还在为他而鼓掌。只听到播音员说,“来自于一九七三年锦标赛冠军得主队的……”可以听出播音员故意顿了一下，好像要吊起人们的兴趣一般，“接球手查尔斯‘鸡仔’贝奈特”。鼓掌声一下子变得稀稀拉拉的，热情的掌声变成了应付的掌声。

我从球员候场区的座椅上站起来往外跑，差点撞上了往回跑的巴博沙。我努力想在掌声彻底熄灭前完成我的亮相，以避免面临那让人尴尬的来自观众席的寂静，以及听到自己踩在沙石地上发出的声音。在观众席的某个角落里，必定坐着我的老爸。虽然我看不到他，但是我可以想象他抱着双臂坐在那里的情形。他是不会为我鼓掌的。

※

然后，球赛就开始了。球员候场区好像成了一个火车站，球员们抓起球棒进进出出，还不时发生互相碰撞，钉鞋在水泥地上发出哐铛哐铛的声音。我有一次内场接球。对我来说，这样一次也就足够了，因为这么多年没有运动了，在三垒处下蹲的姿势就已经让我大腿酸痛的不行了。我在那里不停地把自己的重心从这个脚移到那个脚，直到一个手臂上全是汗毛、绰号叫“屠夫泰德”的击球手冲着我喊：“嗨，伙计，你可不可以不要在那里晃来晃去?”

对于陆陆续续到来的观众来说，这可能看起来还像是场棒球赛。场上有八个守场员，一个投手，一个击球手，一个穿着黑色球衣的裁判。但我们这些球员都已经不年轻了，动作不再流畅而有力。我们的行动是迟缓的，笨拙的。挥棒的时候，我们的胳膊里好像注了铅那么沉，投出去的球则轻飘飘地往高处飞。

在候场区里，很多人上了年纪，挺着个大肚子坐在那里，有人嘴里还自嘲地嚷嚷："哦，上帝啊，给我输点氧气吧。"但也有很把这场比赛当回事情的球手。我坐在一个至少有六十开外的波多黎各外场手的边上。他嚼着烟叶，不停往地板上吐烟草汁，嘴里还嘟嘟囔囔地自言自语："加油干啦，小子，加油干！"

轮到我上垒位的时候，场里还有一半多的位子空着。我先试着挥了几下球棒，热热身，然后踏上击球位。一片乌云飘过，挡住了太阳。我听到场外小贩的吆喝，感到脖子上汗水吱吱往外冒。我移动了一下下蹲的重心，抓紧球棒，耸起肩膀，绷紧了下巴，眯起眼睛——尽管这个位置，这个动作，我一定已经做过不下一百万次了——我还是可以感觉到我的心脏因紧张而狂跳不已。这样的状态，我估计我支撑不了几秒钟。一个投球来了。我没有去接。裁判喊道："一投失误！"我几乎想要跑过去谢谢他。

※

你有没有想过，在世界不同的角落，不同的事情在同时发生。离婚后，妈妈常常站在后院的阳台上，抽着烟，看着夕阳西下，感慨道："查理啊，你知道吗，这里的太阳落下了，在世界上的另一个地方，太阳就升起来了。澳大利亚、中国，或者其他什么地方，你可以去查一查百科全书。"

她吐了一口烟，怔怔地看着和我们家连成一排的邻居家们正方形的后院，他们院子里的晾衣杆和秋千架子。

"世界那么大，"她若有所思地说，"每个角落都有事情在发生。"

她说得很对。每个角落都有事情在发生。那一刻，我站在昔日球星赛的垒位上。那个头发已经变成银灰色的投手，用曾经扔出过无数个强有力的快球的手臂投出一个速度一般、飘飘忽忽、冲着我的胸膛而来的球。我挥起球棒，听到了那个我再熟悉不过的"砰"的一声，我扔下球棒，冲向垒位。我相信我击出了一个好球，但其实我已经丧失了我过去的判断力，忘记了我的胳膊和腿脚不再像以前那样有力，忘记了随着你一点点变老，球场变得越来越大。我抬起头，才发现我以为的好球，甚至可能是本垒打的球，原来不过飞到了二垒位球手的手套前，只不过是个没有什么威胁性的上飞球，是个浸过水的炮仗，一个哑炮，有个声音在我的脑子里响了起来："扔掉它，扔掉它！"二垒手的手套牢牢地抓住了我对于这场愚蠢的比赛的最后的贡献——这一切发生的同时，椒谷镇的家里出事了，就像妈妈曾经感慨过的那样，每个角落都有不同的事情，在同一时间发生。

她的收音机还在播放爵士乐。她的枕头还是松松蓬蓬的。但她的身体倒在了卧室地板上。她回卧室去找那副新的红边框眼镜的时候，跌倒了。

心脏病突发。

她咽下最后一口气。

※

昔日球星赛结束以后，我们通过长廊退出球场，在过道里撞上了参加正式比赛的球员。两队人马互相打量。他们年轻，皮肤光洁。我们发胖，开始秃顶。我迎面碰到一个肌肉发达、拎着接球手面具的队员，我向他点点头算是打招呼，我感觉像是看着年轻的自己走出球场。

在更衣室里，我很快就把我的东西整理好了。有人开始洗澡。我觉得实在毫无必要。我们又没有出多少汗。我把球衣叠好,收了起来,好歹是个纪念。我拉上包的拉链,穿好衣服,又呆坐了几分钟。参加这场比赛似乎毫无意义。

我沿着进来的路线,经过员工通道走出球场。外面站着爸爸。他正吸着烟,抬头看着天空。看到我出来他显然很吃惊。

"谢谢,钉鞋。"我举起鞋子说。

"你在这里干吗?"他恼怒地说,"你就不能在里面多待会,找人聊聊吗?"

我刻薄而嘲讽地一笑。"我不知道,爸爸。我想出来和你打招呼。我们有两年没有见了吧。"

"上帝啊,"他带着痛恨的表情,摇着头,"见我有什么用,见我又不能让你回到球队里去。"

鸡仔发现家没了

“喂?”

我老婆的声音有些颤抖,害怕。

“嗨,是我,”我说,“对不起,我……”

“哦,鸡仔,哦,上帝啊,我们都不知道你上哪里去了。”

我已经准备好了我的谎话——客户啊,会议啊——但这些谎言,像堵墙一样倒塌了。

“怎么了?”我问。

“你妈妈。哦,上帝啊,鸡仔。你在哪里? 我们……”

“什么? 什么?”

她哭了,泣不成声。

“快告诉我,”我说,“怎么了?”

“心脏病。玛丽亚发现的。”

“什……么?”

“你妈妈……她死了。”

※

我希望你永远没机会听别人这样对你说。你妈妈，她死了。这些话和其他的言语不同。这些话太过沉重，让人的耳朵无法承受。这些话属于某种奇怪、沉重而有力的语言，像个伤人的球，不停锤打你的脑袋，直到在你的脑壳上砸出一个洞，正好可以让这些词儿嵌进去。这时候，人就感觉被割裂了开来。

“在哪里？”

“在家。”

“哪里，我是说，什么时候？”

突然间，细节变得无比重要。好像通过这些细节，可以抓住些什么东西，通过细节让自己进入这桩让人难以接受的事情中去。“她是怎么……”

“鸡仔，”凯瑟琳轻轻说，“你先回家，好不好？”

我租了一辆车，连夜往家赶。我带着震惊和恐惧，带着罪恶感，一路回家。我在太阳快要升起前赶到了椒谷镇。我把车子停在院子前。熄灭引擎的时候，天空一片灰紫色。我的汽车里充满了啤酒的味道。我坐在那里，看着太阳从我面前升起。我意识到自己还没有通知爸爸，告诉他妈妈的死讯。我的第六感告诉我，我这辈子再也不会见他了。

我确实没有再见他。

那一天，我失去了我的双亲，一个让我蒙羞，另一个让我茫茫不知其所终。

第三次，也是最后一次访问

妈妈和我走在一个我从没有到过的小镇上。小镇没有什么特别之处，拐角处照例有个加油站，对面是家小小的便利店。街道两旁的电线杆和树干有着差不多的纸板箱的颜色，大多数树上的叶子都已经落尽了。

我们在一幢两层楼的公寓楼门口停下。那是一栋浅黄色的砖房。

“我们这是在哪里？”我问。

妈妈看看远处的天空。太阳已经落山了。

“你应该多吃点晚饭的。”她说。

我转了转眼睛。“怎么了嘛，妈妈？”

“没什么啦。知道你已经吃饱了会让我比较安心。就这个意思。你得学会照顾自己，查理。”

在她脸上，我又看到了那个熟悉的表情，那是一种毫无保留的关切。在那一刻，我意识到，看妈妈的时候，你能看到这个世界上最纯洁的爱。

“我真希望我们以前也能这样。妈妈,你知道吗?”

“你的意思是在我死以前?”

我的声音变得有些怯懦:“是啊。”

“我一直在啊。”

“我知道。”

“你很忙。”

听到“忙”这个字,我打了个寒颤。现在听起来,一切借口都是那么空洞。我看到她的脸上现出了无奈的表情。我相信,那一刻,我们两个都在想:如果一切能够重新来过的话,事情将有多么大的不同。

“查理,”她问,“我是个好母亲吗?”

我张开嘴要回答,但一道刺眼的闪光让她突然消失在我面前。我感到脸上呼呼发烫,好像太阳直射在上面。然后,我又听到了那个洪亮的声音:

“查尔斯·贝奈特。张开眼睛!”

我使劲眨了眨眼。突然间,我落在了妈妈后面,我们俩中间隔着好几条街,好像她一直往前走,而我停了下来。我又眨了下眼,她离得更远了。我几乎要看不见她了。我想要往前跑,我的手指拼命指向前方,我的肩膀好像要从胳膊肘里掉出来了。每一样东西都在旋转。我感觉自己要叫她的名字，但发出的只是气声，在喉咙口打转。这让我精疲力竭。

但突然，她又和我在一起了，抓着我的手，很平静，好像什么事情都没有发生过。我们又滑到了原来的状态。

“还有一个地方要去。”她重复了一遍刚才的话。

※

她带着我到了那幢浅黄色的砖房前，下一个瞬间，我们就已经在房子里了。公寓的天花板矮矮的，里面家具放得满当当的。卧室很小，墙纸是绿色的。墙壁上挂着一幅葡萄园的风景画。床头挂着一个十字架。卧室一角有一面大镜子，镜子下是一个香槟木色的梳妆台。镜子前坐着一个留深色长发的妇人。她穿着一件粉紫色的睡袍。

她看起来有七十来岁，长而窄的鼻子，颧骨高高的，皮肤是健康的橄榄色，但已经松弛下来了。她心不在焉，慢慢梳着头发，垂下眼帘看着梳妆台的桌面。

妈妈走到她身后。两个人没有打招呼。妈妈伸出双手，两个人的手交汇在一起，一只手拿着梳子，另一只手顺着梳子的方向抚平头发。

那个妇人抬头看了一下，好像是看着镜子里的自己，但她的眼睛迷惘地望着不知名的远方。我想她看见了妈妈。

谁都没有说话。

“妈妈，”我忍不住轻声问，“她是谁？”

妈妈转过身，她的手还留在那个妇人的头发上。

“她是你爸爸的妻子。”

我没有为妈妈挺身而出的时候

牧师用眼睛示意我拿起铲子。我应该铲起一点土，洒在妈妈的棺材上。棺材已经有一半落进了穴位里。牧师解释说，妈妈在看到犹太人的葬礼后，希望在自己的葬礼上，也有亲人这样做。妈妈觉得这个仪式能够让生者接受亲人的肉体已经死亡的事实，能够帮助生者从精神上去怀念死者，我几乎可以听到爸爸在一旁说："宝儿，我敢打赌你又在胡思乱想，随口胡诌了。"

我拿起铲子，像孩子从别人手中接过一杆长枪一样，不知所措。我看了看妹妹吕贝塔。她蒙着黑色的面纱，身体明显在颤抖。我看了看妻子，她低头看着自己的脚，泪水一串串从脸上滑落，她的右手一下又一下地抚摸着女儿的头发。只有玛丽亚看着我。她的眼睛似乎在对我说："爸爸，别去动它。还给他们。"

打棒球的时候，你可以感觉得出手里的棒球棍是你自己的，还是别人的。我拿着铲子的时候可以感觉到，那把铲子不是属于我的。拿起那把铲子的不应该是一个对妈妈撒谎的儿子。拿起那把铲子的不应该是一个在最后的对话中，冲着妈妈发火的儿子。拿起那把铲子的，更不应该是一个为了满足疏离已久的父亲的异想天开，而从母亲身边溜走的儿子。更糟糕的是，这个儿子是从母亲的生日聚会上逃走的，因为那个儿子觉得“还是不在的好，免得惹什么人不开心”。

那个拿起铲子的儿子，在那个周末，应该和他的家人在一起，和他的老婆睡在妈妈家的客房里，早晨起来和家人一起吃个早中饭。在妈妈倒下的时候，那个儿子应该在现场。那个儿子有可能救妈妈一命。

但那个儿子开溜了。

这个儿子咽了下口水，按照牧师的意思做了：他铲起土，洒到棺材上。泥土落下，散落开来，泥土中掺杂着的小石块落在棺材木上，发出巨大的响声。尽管这是妈妈的主意，但我好像还是听到妈妈责备的声音：“噢，查理。你怎么可以这样？”

真相大白

她是你爸爸的老婆。

让我怎么解释这句话呢？我做不到。我只能告诉你这是妈妈的鬼魂告诉我的，当我站在那间奇怪的、墙上挂着葡萄园风景画的公寓里。

“她是你爸爸的老婆。他们是打仗的时候认识的。你爸爸被派到了意大利。他告诉过你，对不对？”

对，爸爸提起过很多次。意大利，1944 年底。亚平宁山脉。坡奥山谷。博洛尼亚省。

“她是那边一个村庄里的人。家里很穷。他是个士兵。你知道这种事情的。你爸爸，那个时候，我不知道怎么说，他很……英勇？”

妈妈看着自己的双手。她的双手正在帮那个妇人梳头发。

“查理，你觉得她漂亮吗？我一直觉得她很美。现在，她还是很美。你觉得呢？”

我有些晕眩。“你是什么意思，他的老婆？你才是他的老婆。”

她慢慢点点头。

“是，我曾经是。”

“他怎么可以有两个老婆呢。”

“是啊，你是对的，”她轻声说，“人不可以有两个老婆。”

※

那个妇人吸了吸鼻子。她的眼睛有些红肿，充满了倦意。她完全没有理会我，但妈妈说话的时候，她好像在倾听。

“我想你爸爸在打仗的时候，对将来感到害怕，他吃不准战争会持续多长时间。很多人战死在那里。可能她给了他一个安全的保障。可能他以为他再也回不了家了。谁知道呢？他是个很有计划的人，你爸爸，他总是说，‘制订一个计划，制定一个计划’。”

“我不明白，”我回答，“爸爸不是写了那封信给你吗？”

“是的。”

“他求婚了。你答应了。”

她叹了口气。“当意识到战争就要结束了，我猜他需要调整他的计划——也就是回到他的老计划,娶我。危险消失以后,情况也随之改变,查理,所以……”她一边说,一边从那个妇人的肩膀上捋起她的头发,“他就抛弃了她。”

她停顿了一下。

“你爸爸擅长于此。”

我摇着头说:“但是,为什么你……”

“他从没有告诉过我这件事,查理。他什么人都没有说。但好多年后,他又找到了她。或者是她找到了他。最后,他把她弄到了美国。他开始了另一种生活。他还买了第二栋房子。在克林斯伍德。就是他开了第二家店的地方,还记得吗?”

那个妇人把梳子放下。妈妈也松开握着她的手,把手指交叉在一起,搁在下巴下面。

“你爸爸一直要我做的,就是她做的那种意大利通心面,”她吸了口气说,“不知道为什么,这件事情,至今让我想起来就难过。”

※

接着,她把事情原原本本告诉了我。她是怎么发现这件事情的。她是怎么开始怀疑他的:家里从来没有收到过来自克林斯伍德的宾馆账单，他撒谎说他每次都付现金，这让她起了疑心。一个星期五的晚上，她安排好照顾我们的保姆后，六神无主地开车前往克林斯伍德。她在街道上来来回回地开，直到看到爸爸的别克车停在一幢看起来有些奇怪的房子的停车道上。顿时，她泪如泉涌。

“我浑身发抖，查理。每迈出一步，都得费很大的力气。我悄悄走到一扇窗下，往里张望。他们在吃晚饭。你爸爸的衬衫敞开着，露出里面的背心，就像他和我们在一起那样。他慢慢吃着面前的食物，不紧不慢，很放松，就像他一直住在那里一样，他还把盘子递给那个女人，还有……”

她停住了。

“你肯定你想知道全部吗？”

我脑子里一片空白，点了点头。

“他们的儿子。”

“什么……？”

“他看起来比你大几岁。”

“一个……儿子？”

我的声音因震惊而显得格外尖利。

“我很抱歉，查理。”

我脑袋发晕，人好像在往下掉。就算已经隔了那么长时间，现在和你讲起这事，我仍旧很难把这些话说出来。我的爸爸，那个要求我站在他一边，要求我完全忠诚于他的爸爸，他有另外一个儿子？

“他打棒球吗？”我的声音很轻。

妈妈无助地望着我。

“查理，”她几乎要哭了，“我真的不知道。”

※

穿着浴袍的夫人打开一个小抽屉，从中取出一些文件，快速翻阅起来。她真的就是我妈妈说的那个人吗？她看上去确实像意大利人。她的年龄也符合。我试着去想爸爸和她在一起的样子。我试着把他们想成一对夫妻。我对这个女人的存在，对这个家的存在毫不知情，但我还是可以感到老爸在里面的踪迹。

“那晚我开车回到家里，查理，”妈妈说，“我坐在上街沿上。我等着。我都不想让他把车再开回到我们的车道上。他是午夜以后回来的。我永远也不会忘记我透过车窗玻璃看到的他脸上的表情，当时他的车头灯正照在我身上。我想，那一刻，他明白他的事情被戳穿了。

“我坐到他的汽车里。我让他把所有的玻璃窗都摇上。我不想任何人听到我们的谈话。然后我就发作了。我的发作让他无法再说任何谎话。他最后彻底坦白了她是谁，他们是在哪里相遇的，他是如何计划的。我的头在犯晕。我的胃难受得厉害。我几乎无法坐直。查理，你知道，对婚姻人们总是寄予很大的希望，谁会想到自己这样被人给取代了呢？”

她转过身，目光停留在墙上那幅葡萄园的画。

“这个事情对我真正的打击，几个月后才慢慢显现出来。在汽车上，我有的只是愤怒。愤怒，伤心。他赌咒说他对不起我。他发誓说他也不知道那个儿子的存在，但他知道以后，他觉得他需要担负起他的责任。我不知道他告诉我的事情里，什么是真的，什么是假的。就算是我冲着他大喊大叫，你爸爸也总是有一套说辞的。

“但一切都已经无关紧要了。事情结束了。你明白吗？我可以为了任何对不起我的事情而原谅他。但是，他背叛了你和你的妹妹。”

她转过身对着我。

“你有一个家，查理。不管是好是坏，你只有一个家。你不能替换你的家。你不能对你的家人说谎。你不可能在两个家之间周旋，更换。”

"坚守一个家才让家成为家。"

她叹了口气。

"所以,我必须做出一个决定。"

我试图想象那个可怕的时刻是什么样的。在车上,午夜之后,所有的车窗都摇上了——从车窗外看,两个身影在无声地尖叫。我试图想象我们一家在这幢房子里睡着的时候,另一个家在另一幢房子里睡着,两幢房子的衣橱里都挂着爸爸的衣服。

我试着去想象,椒谷海滩镇的漂亮女人宝儿,在那个夜晚,发现往日美好的生活一下子在眼前烟消云散。我突然意识到,在那个"妈妈为我挺身而出"的事迹表上,这一个必须要排在最前面。

"妈妈,"我鼓足勇气,轻声问,"你跟他说了什么?"

"我叫他走。永远不要回来了。"

现在,我知道了,在那个妈妈把玉米麦片捏碎的早晨的前一天晚上,到底发生了什么。

在我的生命中，有很多事情我希望能够重新来过。很多时刻，最好重新发生。但如果只有一件事情可以选择，那么我会希望替我女儿玛丽亚，而不是我自己选择。我希望改变那个下午发生在她身上的事情。那个周日的午后，她走进房间去找她奶奶，结果发现她倒在了卧室的地板上。她想要把她摇醒。她尖叫起来。她冲出房间，又冲回来，想要找人救奶奶，但又不敢把奶奶一个人留在房间里。这一切都不应该发生。她不过是个孩子。

我想，就是从那一刻开始，我发现自己难以面对玛丽亚和凯瑟琳。我想那就是为什么我开始酗酒。我想那就是我为什么会堕落到另一种生活中去。因为在内心深处，我觉得自己不配再和以前一样生活了。所以，我逃跑。就这点而言，我想我和我父亲有着令人悲哀的相似之处。两个星期后，在安静的卧室里，我向凯瑟琳坦白了那个周末我到底在干吗：我没有去出差，我在匹兹堡的球场里打球，而妈妈则躺在地板上，一动不动地等死。凯瑟琳看着我，好像要说什么，但又说不出来。

最后，她只是说："事情已经这样了，说这些还有什么用呢？"

※

妈妈走到那间小卧室唯一的窗口处，把窗帘拉开。

"天黑了。"她说。

在我们后面，在镜子里，那个意大利女人低着头，还在翻看那些文件。

"妈妈？"我问，"你恨她吗？"

她摇了摇头。"我为什么要恨她？她和我想要的其实一样。她也没有得到。他们的婚姻后来也破裂了。你爸爸后来也离开了她。我说过，你爸爸擅长于此。"

她抱起手臂，好像有点冷的样子。镜子里的那个女人用手捂住脸，开始小声哭泣。

"查理，知道吗，秘密，秘密能把人给撕扯碎了。"

我们三个呆呆地在那里静默了一会儿，各自沉浸在自己的世界里，直到妈妈转向我。

"你现在该走了。"她说。

"走了，"我的声音有些哽咽，"去哪里？为什么？"

“但是查理……”她拉起我的手，“我还有一件事情要问你。”

她的眼睛里含着泪水。

“为什么你要寻死?”

我的身体在颤抖。有那么一秒钟，我似乎无法呼吸。

“你知道……?”

她给了我一个悲哀的笑容。

“我是你的妈妈。”

我的身体几乎要抽搐起来。我喘息起来。“妈……你不知道我的事情……我把事情搞糟了。我酗酒。我一事无成。我家都没有了……”

“不，查理……”

“是的，是的，就是这样的，”我的声音在颤抖。“我支撑不住了……凯瑟琳走了，妈妈。我把她赶走的……玛丽亚，她都不认得我了……她结婚了……我都没有去参加婚礼……我是个局外人了……所有我爱过的，都和我没关系了。”

我的胸脯一起一伏。“还有你……那最后一天……我根本不应该离开你的……我不应该对你撒谎的……”

我羞愧地低下了头。

“……我很抱歉……真的，真的很抱歉……”

我再也说不下去了。我倒在了地上,无法自控地抽泣了起来。在哭泣中,我好像要把自己给掏空了。整个房间都缩成了一团热量凝聚在我双眼之后。我不知道我哭了有多久。当我能够重新说出话来的时候,我的声音沙哑到了极点。

“我想要丢掉它们重新来过的,妈妈……我的愤怒,我的负罪感。这就是为什么……我想到了死……”

我抬起眼睛。第一次,我承认了事实。

“我放弃了。”我小声说。

“不要放弃。”妈妈小声回答我。

我埋着头。说出这样的话来,我不再感到羞耻。我的头埋在了妈妈的臂膀里,她的手抱着我的脖子。我们就这样互相依偎着,虽然只是一小会儿。我很难用语言向你描述我从中所得到的安慰。我只能说,现在我说起这事,还是希望能够回到那一刻。

“你死的时候,我没在你身旁。”最后,我轻声说。

“你有事情要做。”

“我撒谎了。这是我撒过的最糟糕的谎……我不是去工作的。我是去打球的……一场愚蠢的比赛……我是那么想要讨好……”

“你爸爸。”

她轻轻点点头。

我意识到妈妈早就知道这一切了。

房间的另一边，那个意大利女人把浴袍的带子拉拉紧。房间里，我们三个人的组合，是多么奇怪。在人生的某一阶段，我们都希望得到同一个男人的爱。我似乎还能够听到爸爸问我的声音，他逼我做出一个选择：妈妈的好宝贝，还是爸爸的乖儿子，查理？你想成为哪一个？

“我做了一个错误的选择。”我轻声道。

妈妈摇了摇头。

“一个孩子不应该面对那样的选择。”

※

此时，那个意大利女人站了起来。她擦了擦眼睛，整理了一下自己的形象。她把手放在桌子边，把两样东西推在了一处。我妈妈示意我向前走几步，好看清她刚才看的是什么。

一个是张照片，照片上是一个戴着毕业帽的青年男子。我想那应该是她的儿子。

另一件东西，是我的棒球卡。

她抬起头看着镜子，好像透过镜子看到了我们。镜子里是我们三个人，框起来像个奇怪的家庭。就在那个唯一的，也是仅有的一刻，我肯定她看见了我。

“Perdonare[①]。”那个妇人喃喃地说。

周围的一切都消失了。

① 意大利语，意为“对不起”。

故事讲完了

你有没有试过把你人生最初的记忆分离出来？我最初的记忆是我三岁的时候。那时是夏天。附近公园有一个嘉年华活动。公园里有气球和棉花糖。有一群刚刚参加完拔河比赛的男人，在饮水机前排起了长队。

我肯定是渴了，因为妈妈两只手托在我的胳肢窝下，把我举起来，走到队伍前面。我记得她就这么插进了队伍里，挤进那些流着汗、光着上身的男人堆里。我还记得她用手肘挤开压到我胸前的一个男人的胳膊，用另一只手拧开水龙头。她对着我耳朵轻声说："喝水吧，查理。"我俯身向前，脚晃在半空中，哗啦啦喝下几口水，那些男人就等着我们。现在，我还能记起她把胳膊环绕着我的感觉。我还能看到水汩汩地从龙头里涌出来。这就是我人生最初的记忆，她和我，我们两个人的世界。

此时，和妈妈在一起的最后一天就要结束了，同样的事情好像又发生了。我感觉我的身体摔坏了。我几乎不能够动弹。

但她的手臂环绕着我，我再一次感觉她抱起了我，空气划过我的脸庞。我看到的只是黑暗，好像我们在一个长长的黑幕布后飞行。突然间，黑幕布拉开了，我的眼前出现了星星。成千上百的星星。她放下我，让我躺在湿漉漉的草地上，把我受伤的灵魂还给这个世界。

"妈妈……"我的喉咙干巴巴的，说不出完整的句子来。"那个女人？……她说了什么？"

她轻轻把我的肩膀先放到地上。"原谅。"

"原谅她？……还是爸爸？"

我的头接触到了泥土。我感觉到血顺着我的太阳穴往下流。

"原谅自己。"她说。

我的身体像是被锁住了。我动不了我的胳膊和腿。我在滑向另一个世界。还有多少时间剩下给我？

"是的。"我喘着粗气说。

她困惑地看着我，不知道我指的是什么。

"是的，你是个好母亲。"

她用手遮住嘴，试图掩饰她的笑容，但她几乎要笑出声来了。

"活着。"她说。

"不，等等……"

"我爱你，查理。"

她挥手向我作别。我哭了。

"我要失去你了……"

她的脸在我上方漂浮起来。

"你是不会失去自己的母亲的，查理。我会一直在你身边的。"

然后，一道强光让她踪影皆无。

"查尔斯·贝奈特。你能听见我吗？"

我的四肢一阵刺痛。

"现在，我们要把你搬到车上了。"

我想要抓住她，把她拉回来。

"你能听到我们吗，查尔斯？"

"我和我妈妈。"我含糊不清地说。

我感到前额被人轻轻吻了一口。

"我妈妈和我。"她纠正我说。

就这样，只剩下了我一个人。

※

我使劲眨了眨眼。我看到了天空，星星，然后星星开始坠落。它们越掉越近，越来越大，又圆又亮，好像是一个个棒球。我下意识地张开手掌，好像自己戴着棒球手套可以接住它们。

“等等，注意他的手！”

声音变得温柔起来。

“查尔斯？”

更温柔了。

“查尔斯？……嗨，这样就对了，伙计。醒醒吧……对了，好样的！”

他朝另外两个警察挥了挥手电筒。他和我想的一样，是个年轻的警察。

鸡仔最后的感想

就像你刚刚坐下来的时候我告诉你的那样，我并不指望你相信我。在此以前，我还从没有告诉过别人这些事，但我一直希望有人能听我讲。我等着这样一个机会。我很高兴这个机会来了，我也讲完了我的故事。

我经历过的许多事情都已经忘了，但和妈妈在一起的最后一天的每一刻，我都能记得清清楚楚，我们看到的人，她说的那些话。很多只是寻常的话语，寻常的时刻，但就像她说的，在寻常的时刻里你可以找到真正重要的东西。你可以觉得我是疯了，整个事情都是我的臆想。但在我的内心最深处，我相信这一切：我的妈妈，在这个世界和那个世界的边缘，给了我一天的时间。我是如此渴望有这样一天。现在，她所告诉我的事情，我都已经告诉你了。

既然是我妈妈说的，我相信。

“什么是回声？”她曾经这样问我。

在声源停止发射以后，声波的继续运动。

在什么样的情况下能够听到回声？

当其他声音被吸收、四周安静的情况下。

安静的时候，当我静下心来，我还可以听到她的回声。

回想我当初试图轻生，我甚感羞愧。生命是那么珍贵的东西。我的生活中居然没有人能够把我从绝望中拯救出来，那是个错误。人需要和人亲近。人需要打开心扉，让别人靠近你的心灵。

至于那件事情发生后的两年来，我到底又经历了什么，那就说来话长了：在医院里住了一段时间，接受了各种各样的治疗。就这么说吧，现在我感觉自己很幸运。我还活着。在那次事故中，我没有让别人送命。从那次事故以后，我彻底戒了酒，再也没有喝醉过——戒酒本身是个很痛苦的过程。

对于那个夜晚，我想了很多。我相信是我妈妈救了我一命。我也相信，父母，如果他们是爱你的，会想尽一切办法保护你的安全，这也就意味着有时候你并不知道他们为此所付出的代价。子女可能待父母不好，那是因为他们不知道父母为他们付出了多少。

每桩事情后面都是有故事的。墙上的那幅画是怎么挂上去的。你脸上的那个疤痕是怎么来的。有的故事简单明了，有的则让人心碎，难以接受。但一个人所有的故事之后，都还藏着一个妈妈的故事，因为妈妈的故事，是所有故事的起点。

所以，我讲的就是我妈妈的故事。

也是我的故事。

对于那些我们爱的人，我想补上那些欠他们的情。

结　局

查尔斯(鸡仔)·贝奈特上个月死了,在他企图自杀五年之后,距我们相遇的那个周六,则过去了三年。

他的葬礼很简单,只有少数几个家庭成员参加——包括他的前妻——以及他在椒谷海滩镇的几个童年玩伴,就是和他一起爬上水塔把自己的名字用油漆喷在塔身上的那群人。他当棒球运动员时的朋友一个都没有出现。海盗队只是寄来了一张悼念卡。

他的父亲也来了,站在教堂的后排。他很瘦,肩膀有些驼,头发已经全白了,而且稀稀拉拉的。他穿着件棕色外套,戴着太阳眼镜。仪式结束后,他飞快地离开。

鸡仔的死因是突发的中风,脑部血管堵塞导致突然死亡。医生们推测说那次车祸对他的头部血管造成了伤害,进而导致这次突发的中风。但中风到底是由什么引起的,无法肯定。他死的时候才五十八岁。人人都说他走得太早了。

他“故事”里的那些细节是否真实？为了把他的讲述凑成一个完整的故事，我按着所有的线索追查了一遍。那一年的那个晚上，那条高速公路的入口处确实发生了一起交通事故，一辆小汽车撞上一辆行驶中的大货车的车头，汽车被撞出高速路护栏，撞倒了路旁的广告牌。汽车司机从车子里飞了出去，落在公路边的草地上。

椒谷海滩镇确实有一个叫做罗斯·坦普敦的寡妇。她住在雷拉街，她的死亡时间稍晚于那起交通事故发生的时间。镇上也确实有个塞尔玛·布莱德烈小姐，她也是在事故发生后不久死亡的。当地的报纸刊登了她的讣告，说她是个“退休的勤杂工”。

当地的婚姻登记所在一九六二年签发过一张结婚证书——也就是贝奈特夫妇离婚后一年——当事双方为雷奥纳多·贝奈特和吉娜·图斯奇，证书认可他们先前在意大利签署的婚姻约定有效。还有在克林斯伍德高中六十年代学生的登记录上，有雷奥·图斯奇的名字，那应该是他们的儿子。除此之外，没有能够找到关于他的其他资料。

至于宝琳（宝儿）·贝奈特？她七十九岁那年死于心脏病，鸡仔对她的描述完全符合她生前的点点滴滴。她幽默而热情，具备为人之母所特有的智慧，她家里人都这么说。她工作过的美发厅至今还挂着她的照片。照片里的她穿着一件蓝色的工作服，戴着大耳环。

鸡仔贝奈特的最后几年，过得还不错。他把他妈妈在椒谷海滩镇的房子给卖了，卖房子得来的钱他都给了女儿。后来，他搬进了女儿家附近的一所公寓，和女儿改善了关系，每个星期六早上他们会一起去面包店吃早餐，就着咖啡和甜甜圈，谈论一周以来发生的事情。他没有能够和前妻重修旧好，但两个人恢复了联系，常常通话。

他没有再去做销售员，但直到临死之前，他一直在当地的公园和体育场管理办公室做兼职。他常常参与组织棒球比赛，对于这样的比赛，他有一条严格的规定：每个孩子都有参与的机会。

在中风发生前的一个星期，他似乎已经感觉到剩下的时间不多了。他告诉周围的人："要记着现在的我，而不是以前的我。"

他被埋在了他母亲身边。

既然这个故事里有一个鬼魂的存在，或许你可以把它看成一个鬼故事。但谁家没有鬼故事呢？只有分享那些我们已经失去的人的故事，我们才能避免真正地失去他们。

尽管鸡仔已经不在人世，但他的故事仍旧在别人之间流传。我就是故事的流传者之一。我觉得他没疯。我认为他确实和他死去的母亲度过了一天。用一天的时间，和你所爱的人共同度过，一天就能改变一切。

我懂。我也有这样的一天——在那个小小的棒球场边的观众席上——用一天的时间去听，去爱，去道歉，去原谅。还有，去决定。数年后，现在我怀中所抱着的这个小宝贝的名字叫查理，和他的外公一样。

我婚后的名字是玛丽亚·朗。

出嫁前，我的名字叫玛丽亚·贝奈特。

鸡仔贝奈特是我的父亲。

既然是爸爸说的，我相信。

致　谢

本书作者愿在此对莱斯礼·威尔斯和威尔·施瓦布的编辑工作致谢；对鲍勃·米勒的耐心和信心致谢；对爱伦·阿切，简·柯明斯，凯特·威宁特，克莉丝汀·莱格索，萨莉安·麦克卡汀，莎拉·西佛和玛哈·卡里所给予的不懈支持致谢；对费尔·罗斯的美妙插画致谢；对米兰姆·温格和戴维·洛特的敏锐眼光致谢。此外，我还要向依旧活跃在一线的克利·亚历山大致谢；向无数次用鸡肉晚餐来为我鼓劲的戴维·布莱克致谢；还要特别感谢简宁，在清晨聆听这个故事，朗诵这个故事，并成为第一个因这个故事而微笑的人。

这是一个有关家庭的故事，所以，我当然还要感谢我的家庭——向那些在我之前，在我之后，以及现在围绕着我的家庭成员致谢。

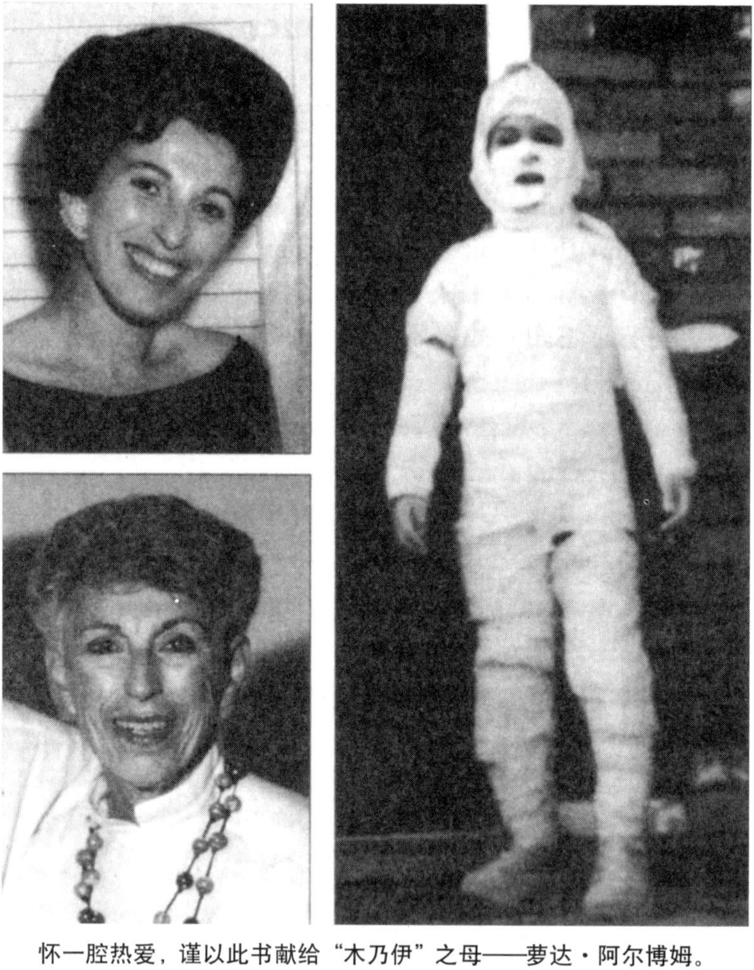

怀一腔热爱，谨以此书献给“木乃伊”之母——萝达·阿尔博姆。

Mitch Albom
FOR ONE MORE DAY
Published by arrangement with Mitch Albom, Inc.
c/o Black Inc., the David Black Literary Agency
through Bardon-Chinese Media Agency

图字:09-2007-035号

图书在版编目(CIP)数据

一日重生/(美)阿尔博姆(Albom, M.)著;吴正译.
—上海:上海译文出版社,2012.3(2021.4重印)
书名原文:For One More Day
ISBN 978-7-5327-5688-9

Ⅰ.①一… Ⅱ.①阿… ②吴… Ⅲ.①长篇小说—美
国—现代 Ⅳ.①I712.45

中国版本图书馆CIP数据核字(2012)第014646号

一日重生
[美]米奇·阿尔博姆 著 吴 正 译
责任编辑/黄昱宁 装帧设计/人马艺术设计·储平

上海译文出版社有限公司出版、发行
网址:www.yiwen.com.cn
200001 上海福建中路193号
浙江新华数码印务有限公司印刷

开本 890×1240 1/32 印张 8 插页 5 字数 77,000
2012年3月第1版 2021年4月第11次印刷
印数:34,001—54,000册

ISBN 978-7-5327-5688-9/I·3348
定价:68.00元